VÍCTOR

i els VAMPIRS

MAITE CARRANZA

VÍCTOR i els VAMPIRS

il·lustracions d'AGUSTÍN COMOTTO

edebé

Passeig de Sant Joan Bosco, 62
08017 Barcelona
www.edebe.com

Atenció al client 902 44 44 41
contacta@edebe.net

Directora de Publicacions: Reina Duarte
Disseny: Francesc Sala

5a edició

ISBN 978-84-683-0199-0
Dipòsit Legal: B.23984-2011
Imprès a Espanya
Printed in Spain
EGS - Rosari, 2 - Barcelona

Al meu Víctor.

1. Cap a Transsilvània!

Em dic Víctor Llobregat, tinc onze anys i faré sisè de primària.

Se'm fa estrany perquè aquest és el primer estiu de la meva vida que no tinc cap esbroncada amb els papes per culpa de les notes i la primera vegada que farem un viatge guai per celebrar que tenim molt bon rotllo i que ens estimem.

Molta gent potser pensa que és natural que els meus pares m'estimin perquè sóc el seu fill petit i tenen l'obligació d'estimar-me, però aquest any m'estimen més que l'any passat.

Ho juro.

L'any passat, per Sant Joan, no em van deixar tirar petards ni saltar la foguera. Va ser el començament d'un estiu horrorós. Al juliol vaig estar castigat sense còmics, tele, ni Play, i a l'agost —al mes d'agost!—, tancat a casa sense vacances. Era l'únic

nen del món que tenia penjat un horari MEGADEPRIMENT al suro de l'habitació. Del matí al vespre tots els requadres eren plens de les lletres **L / M / A**, que traduïdes volen dir: **Llengües, Matemàtiques i Anglès.**

Aquest any, en canvi, vam celebrar una revetlla familiar, amb cosins, veïns i amics, vam encendre una foguera superguai i els papes em van donar permís per cremar el llibre de Socials i tirar trenta-dos TNT. El juliol ha estat de conya: als matins he fet el burro a la piscina amb el Francesc i el Camprubí, a les tardes m'he empanat davant la col·lecció de Bola de Drac del meu germà gran i a les nits he llegit còmics fins que m'han caigut els ulls a terra. El més al·lucinant és que la mare no m'ha perforat el cervell ni una sola vegada dient que el manga japonès és antipedagògic. **Ho juro.**

Quan era petit, somiava que de gran seria japonès, viuria dins d'una vinyeta de còmic i em diria **Víctor Jubacuto.** Era el meu somni i creia que només així podria ser feliç. Però m'equivocava. Ara sóc molt feliç perquè els meus pares també ho són i em deixen fer les coses que a mi m'agraden i que ells odien.

A mi m'agrada:

ELS CÒMICS JAPONESOS
MARLEY
VÍCTOR, A SOPAR!
SÍ, MAMA, JA VINC.
empesta
LES SÈRIES JAPONESES
ELS JAPONESOS
EL JAPÓ
Sap menjar arròs amb bastonets!

Però també m'agrada:

De tota la vida que demano una guitarra elèctrica i una entrada per al saló del manga. I de sobte, van els meus pares i em regalen les dues coses.

Ho juro.

I tot perquè he tret bones notes.

És tan increïble que he dibuixat la transformació dels meus pares.

BONES NOTES

I aquesta tarda, per primera vegada en la meva vida, estem decidint on anirem de vacances a l'agost.

—No, al nen no li fan por els vampirs —diu el papa, que sempre parla per mi.

—Però al nen li agradaria més el Carib —contesta la mama, que m'utilitza com a excusa.

—Puc parlar? —pregunto jo, que sóc el nen que han de dur de vacances perquè ha tret molt bones notes.

Em miren amb desconfiança i em deixen un minut per demanar. No m'ho repenso dos cops.

—Vull anar al Japó.
—És caríssim.
Ja m'ho ensumava.
—A Jamaica.
—Més encara.
A veure si a la tercera va la vençuda.
—A Eurodisney.
—Ja no tens edat.
Tenen raó.

Ja tinc onze anys i, com que fa tant temps que no sortim de vacances, m'he quedat aturat en el primer viatge que volia fer quan era petit.

—Doncs ens ho juguem a les palletes —he proposat, sabent que perdré.

Perquè sempre perdo i com que sé que perdré ja no m'hi mato.

—El qui tregui la palleta més llarga tria les vacances.

He perdut i ha guanyat el papa. Té molta sort, fins i tot li va tocar la rifa de Nadal del Club Natació on no neda mai. Una cistella molt gran, d'aquelles de badar la boca, on hi havia moltes ampolles de licor, pots de neules i un xoriço. El Camprubí, mort d'enveja, va opinar que no era ben bé una cistella de Nadal perquè no tenia cava ni torrons. Va dir que les cistelles sense torrons eren falses com els pantalons Levi's dels *outlets* del port i que les feien a la Xina.

—Cap a Transsilvània! —crida el pare, boig d'alegria, brandant la palleta més llarga.

Cada any —des que jo vaig néixer— proposa sense èxit fer la ruta del comte Dràcula, però els meus germans grans, la Clàudia i l'Aureli, passen i la mama diu que no, que jo he d'estudiar i que no podem anar de vacances. I com que fa tant temps que en parla i que m'ensenya el mapa sense que l'escolti ni el miri, m'ha fet vergonya demanar-li on és Transsilvània.

Aquesta nit, d'amagatotis, he agafat el mapa del món i m'he tornat mico buscant Transsilvània. Així, per la T, no he trobat cap país. La veritat és que no sabia si començar per Àsia, Austràlia, Europa o Amèrica. He descartat Àfrica perquè no em sonava que els vampirs fossin negres. Al final me n'he afartat i he anat al Google. M'ha sortit de seguida i m'he quedat planxat. Resulta que Transsilvània no és cap país. És una

cosa així com Catalunya, una mena de comunitat autònoma de Romania. Se'm fa estrany. El comte Dràcula era romanès?

—Víctor, que contenta que estic. Tens curiositat pel món —m'ha dit la mama en descobrir l'atles al meu llit—. La curiositat és fonamental, fill meu. Aprendre coses noves, obrir els ulls al teu voltant, voler saber, preguntar. Et trobo tan canviat.

La mama flipa amb mi perquè he tret bones notes. Em té més respecte i em mira com si fos més gran. El papa em fa copets a l'esquena i em diu coses com «Ei, tio!», que queda fatal si m'ho fa davant dels amics, però que a mi m'emociona. Està content i no sap dir-ho. Les mares saben dir les coses. Els pares no.

Això és ara. Abans era molt diferent.

Abans, els papes em veien com un desastre i ho vivien malament. Jo m'adonava que patien perquè, quan hi havia converses de pares i mares, d'aquestes on tothom es pica i va explicant meravelles dels seus fills, ells comentaven que el fuet estava molt bo i que tenien molta pressa perquè havien de passejar el gos.

El problema és que no tenim gos.

A la nit, a taula, mentre xarrupàvem la sopa plegats, els pares em miraven com resignats. Si jo

hagués estat una camisa, haurien fet una devolució a El Corte Inglés i haurien demanat que els tornessin els diners, que no els agradaven els quadrets. Però un fill, ja se sap, no és una camisa.

És clar que tampoc feien cap esforç per mirar-me amb uns altres ulls i descobrir el munt de virtuts que jo tenia. Ni les sabien veure, ni les consideraven importants.

No els importava gens que jo dibuixés còmics guais ni que conegués els noms de tots els protagonistes de sèries manga del món.

No els importava que toqués la guitarra i que em sabés de memòria les cançons de Bob Marley en anglès.

No els importava que fes les traques més canyeres del carrer.

No els importava que m'estigués vint-i-set minuts seguits fent ballar el diàbolo —el rècord de l'escola— sense que em caigués a terra.

No els importava que em toqués el nas amb la llengua.

L'únic que els importava era que tragués bones notes.

Les notes, les maleïdes notes.

I per això, perquè no es traumatitzessin com a pares ni s'avergonyissin mai més de mi, vaig decidir donar-los una alegria molt grossa.

El mes de juny vaig arribar a casa amb unes notes impressionants.

Quan les van veure els va canviar la cara i, en aixecar el cap, em van mirar amb uns altres ulls.

Em van veure diferent. **Ho juro.**

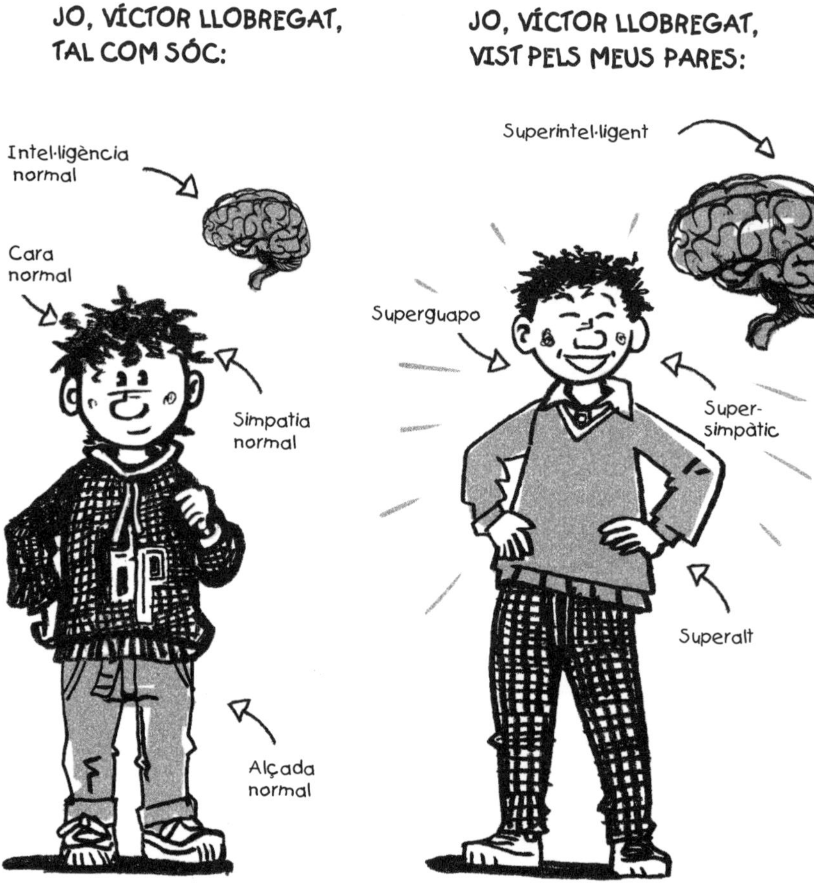

I tot per un paperet de no res. Llàstima que no se m'hagués acudit abans. És tan fàcil fer-los feliços.

Només vaig haver de **FALSIFICAR** les notes de final de curs.

2. Les notes del Pernil

Falsificar les notes va ser bufar i fer ampolles. Vaig fer una fotocòpia de l'informe del Pernil Martínez, que és un crac —i que és el fill que haurien volgut tenir els papes—, vaig esborrar el seu nom amb Tipp-Ex i hi vaig escriure el meu al damunt imitant la lletra de la Terminator, la meva **PROFA.** Em va quedar genial, semblava de debò i escrit de pròpia mà de la Terminator.

Jo, Víctor Llobregat, amb les notasses del Pernil Martínez.

Una passada.

I potser sí que em vaig passar, perquè la mama va al·lucinar.

—És... és increïble, aquí diu que el Víctor és endreçat, puntual, estudiós, obedient i perfeccionista! —va exclamar posant-se les ulleres de veure de prop per si de cas ho havia llegit malament.

Però no, no ho havia llegit malament.

—Deu ser un error.

El papa va agafar el paper, esverat.

—Aquí diu Víctor Llobregat.

La mare, com totes les mares, tenia intuïcions.

—Parlaré amb la Terminator per si s'han equivocat de nen.

Les cames em van fer figa fins que el papa va intervenir:

—De vegades, els nens tenen una doble personalitat, com el Dr. Jekyll i Mr. Hide: a casa es comporten d'una manera i a l'escola d'una altra.

No era gaire versemblant que jo tingués dues personalitats. Però, tot de sobte, el papa va començar a bramar d'alegria.

—Què passa? —va preguntar la mama, espantada.

—Un 10, ha tret un 10!!!

I aleshores la mama, que estava tan desconfiada perquè enlloc posava que m'oblidava l'equip de gimnàstica, que dibuixava damunt dels llibres i que feia historietes poca-soltes dels professors, va començar a saltar com una boja cridant: «No m'ho puc creure! No m'ho puc creure!».

Però s'ho van creure. Tenien tantes ganes de creure-s'ho que s'ho van creure.

I estaven emocionadíssims tots dos. S'abraçaven amb el cap emboirat de veure el primer 10 de la seva vida i marejats perquè els 9 els feien pampallugues als ulls. I entre petons i llàgrimes, no es van fixar en el 5 escarransit d'Educació Física.

EDUCACIÓ FÍSICA 5 SUFICIENT PELAT

El Pernil Martínez no és perfecte. Ell diu que no pot fer-hi res, que és genètic, que la genètica mana i que ell no ha nascut per saltar al plínton com una granota. Jo hi estic d'acord. A Naturals ens van explicar que el codi genètic és com un programa informàtic que tots els humans tenim programat als nostres gens abans de néixer. Que tots el tenim diferent, i que per això, els uns són alts i els altres baixets, i els uns són simpàtics i els altres antipàtics. La genètica és la culpable que m'adormi a les classes de Socials i que faci mala lletra als

exàmens. No puc fer-hi res. El meu codi genètic em predisposa a oblidar-me la carpeta a l'escola, a perdre el llibre de Mates, i a deixar de banda els accents plans que estan fora de lloc, allà al mig dels esdrúixols i els aguts. És genètic. Fins i tot di-

ria que és un gen per part de mare, perquè la mare mai no troba les claus i no sap on ha deixat el cotxe aparcat. Això dels gens i els misteris de la genètica ens ho va explicar el Jaume de Naturals, que és molt científic. Es veu que encara no s'ha descobert del tot, però els científics estan estudiant el mapa genètic i, quan el tinguin acabat d'apamar, s'adonaran que jo i el Pernil Martínez diem la pura veritat. Ell no té el gen de saltar el plínton i jo no tinc el gen de recordar on tinc la carpeta.

Però la Terminator no és una professora científica ni vol ser-ho.

I jo vaig tenir la mala sort de caure-li malament. Em va agafar mania des del dia que em va enxampar badallant a la classe de Català i em va preguntar si no m'interessava la dièresi. Li vaig respondre la veritat, que si la suprimissin jo em quedaria tan feliç, com es van quedar els italians quan van suprimir la «h». La Terminator es va posar com una moto i des d'aquell dia va escriure coses horroroses en els meus informes. Deia que era un barrut, un penques, un desendreçat i un mandrós. I que tenia massa imaginació. Això de la imaginació també era un defecte molt gros, segons ella, perquè a més de dibuixar còmics poca-soltes m'inventava els malnoms dels nens de la classe. Per culpa meva, segons ella, es va muntar el sarau del Pernil.

Al Martínez tant li feia dir-se Nil com Pernil, però als seus pares no. Un dia es van presentar a l'escola traient foc pels queixals, van demanar de parlar amb la directora i li van etzibar que no permetrien que es ridiculitzés el nom del seu fill, perquè Pernil era nom de porc i dir PORC al seu fill era *bullying.* La directora els va respondre que ella es deia de cognom Rocafort i que, quan era petita, a l'escola li deien FORMATGE PUDENT per culpa del formatge Roquefort dels francesos. Aquesta no se l'esperaven els pares del Pernil i es van quedar descol·locats. Aleshores, la Formatge Pudent els va acomiadar tot dient-los que ella era una supervivent de la seva infantesa perquè gràcies a les brometes dels nens s'havia fet forta.

Però no els va convèncer gens ni mica.

Els pares del Pernil no es van donar per vençuts i van entrevistar-se amb la Terminator —que sí que es va indignar amb l'ofensa— i li van exigir que castigués exemplarment els culpables —o sigui a mi—, cosa que la Terminator —una sàdica— va fer encantadíssima.

Em vaig quedar un mes sense jugar a futbol.

Tot i això, els senyors Martínez van decidir que el proper any canviarien el seu fill d'escola perquè no els agradava la directora Formatge Pudent.

El Pernil estava molt fotut per haver de canviar d'escola el curs vinent i molt avergonyit per tenir uns pares tan *bronques.* Va reconèixer que dir-se Pernil era molt més original que dir-se Nil i que el nom de Pernil era més salat i més mastegable, perquè sempre que el cridàvem tenia ganes de fotre queixalada a un *bocata.*

Sempre recordaré el Pernil i les seves notes.

El dia que les vaig portar a casa va ser el més rodó de la vida dels meus pares perquè van fer la festa que no havien pogut fer mai.

Vaig dibuixar un còmic per immortalitzar-la.

PARES QUE FIQUEN UNA AMPOLLA DE CAVA AL CONGELADOR PER FER UNA FESTA. JO EMOCIONAT.
EL PAPA CONVIDA ELS VEÏNS. JO EMOCIONAT.
ENTREN TOTS A LA SALA FENT MERDER. AL PAPA SE LI DISPARA EL TAP DE SURO. VA A PETAR CONTRA LA PANTALLA DEL TELEVISOR DE PLASMA. QUEDA FET UNA COCA. JO HORRORITZAT
POP!
PAF!
LA MAMA EN COMPTES D'EMPIPAR-SE RIU. JO NO.
COMENÇA LA FESTA I TOTS BRINDEN PEL VÍCTOR, QUE SÓC JO.

Creuo els dits perquè els papes conservin la il·lusió tot l'estiu i que no s'assabentin mai que els he enganyat com a xinesos. No vull que tinguin un disgust com el que em van donar a mi el dia que em van explicar qui eren els Reis.

I toco fusta perquè el Pernil no sàpiga mai de la vida que li vaig xoriçar les seves notes.

3. El fantasma del Pernil

És molt fort. No m'ho puc creure. Sóc a Transsilvània, la terra del comte Dràcula, i m'ha seguit volant *l'esperit del Pernil.*

L'he vist el primer cop entre sotracs i boires. Era en un peatge de l'autopista de no sé quin país. El vidre s'havia entelat i jo volia tafanejar. Així doncs, l'he netejat amb el colze del jersei i he fet un foradet just per veure un autocar aturat a mig metre del nostre. I a la finestra de davant meu, no m'ho invento, ho juro, hi havia la cara rodona, plena de pigues i amb el nas aixafat contra el vidre, del Pernil. He tancat els ulls, els he obert, i quan he tornat a mirar cap a la finestra de l'altre autocar, ja no hi havia ningú. Al cap d'uns segons, l'autocar ha engegat i ha desaparegut autopista enllà.

Ho he dibuixat per creure-m'ho.

Era un fantasma. Un fantasma venjatiu que em recorda que he copiat les seves notes. Potser vol que les hi torni. O potser em persegueix perquè li deia Pernil i els seus pares el canviaran d'escola per culpa meva.

M'he tornat tan blanc que la mama ha pensat que tenia gana i m'ha donat un tros de xoriço.

El papa, en canvi, ha dit que millor que no mengés res i m'ha tret el xoriço de la boca.

El guia, esverat, m'ha portat una bossa de plàstic, per si volia vomitar, perquè no embrutés els seients.

I tot l'autocar se m'ha quedat mirant fixament, esperant que jo fes alguna cosa, perquè havia corregut la veu que hi havia un nen molt marejat.

Jo, el nen marejat, m'he convençut que la meva obligació i el que tothom esperava de mi era que vomités. El papa, la mama, el guia, el conductor i tot l'autocar estaven pendents de la meva vomitada. I jo vinga a mirar-me la bossa fixament sense inspirar-me. No m'agradava gens tenir tants ulls clavats al clatell, perquè se m'estroncaven les ganes de vomitar.

Al cap d'una estona, la gent es regirava nerviosa als seients perquè jo no vomitava. Aleshores, el xofer ha aparcat l'autocar i ha obert les portes, i el guia, amb el micròfon a la mà, ha demanat si us plau que el nen marejat i els seus pares sortissin de l'autocar. M'ha fet molt pal aixecar-me i caminar pel passadís. Tothom em mirava. Hi havia gent que deia «Mira-te'l, pobret». Però un senyor amb cara de vinagre ha cridat: «Si es marejava, millor que no hagués vingut». I un altre, que és del Barça

i té al·lèrgia als gats i als nens, ha afegit: «No es pot viatjar amb nens». I una senyora de les que sempre fiquen cullerada ha opinat: «Als nens, se'ls ha de donar una biodramina per si de cas». I un noi llargarut, que va de llest, ha dit: «Segurament ha begut llet, i mai no s'ha de beure llet si viatges. Els xinesos no beuen llet». Aquest noi és un d'aquells a qui resulta molt fàcil posar-los un malnom. Ells mateixos el tenen a la punta de la llengua: el Noi de la Llet.

Els papes callaven, però estaven empipats. Ho he notat perquè, sense fer brometes, m'han agafat per l'espatlla, d'una manera bèstia, i m'han aixafat el cap contra terra.

—Au, Víctor, que no tenim tot el dia. Vomita ja —ha dit el papa amb males puces.

He pensat en alguna cosa fastigosa com el fetge de porc que em va fer una vegada la iaia per sopar, però no m'ha fet prou fàstic. He pensat en un documental on es menjaven granotes vives i he tingut una mica d'arcada.

—Ja t'ajudo, carinyo —ha dit la mama, més pràctica.

M'ha ficat dos dits a la boca, m'ha tocat la campaneta i, si no arriba a treure la mà ràpidament, l'hi deixo ben empastifada. He vomitat la tira de coses.

—Et trobes millor, ara? —m'ha preguntat la mama, somrient.

Està feliç de la vida perquè l'he fet quedar bé. Si no arribo a vomitar, l'hauria posat en un compromís.

—Estic molt tranquil, gràcies.

I és veritat, m'he quedat molt tranquil i molt satisfet. He fet contentes quaranta persones que estaven pendents de mi per les finestres i m'he convertit en el nen més famós de l'autocar.

Aleshores, el guia ha decidit que els nens viatgéssim al darrere de tot perquè, si volíem vomitar una altra vegada, podríem fer-ho al nostre aire i no caldria aturar l'autocar ni molestar els altres passatgers.

I així ha estat com, per culpa de la primera aparició del Pernil, he conegut els germans Bel.

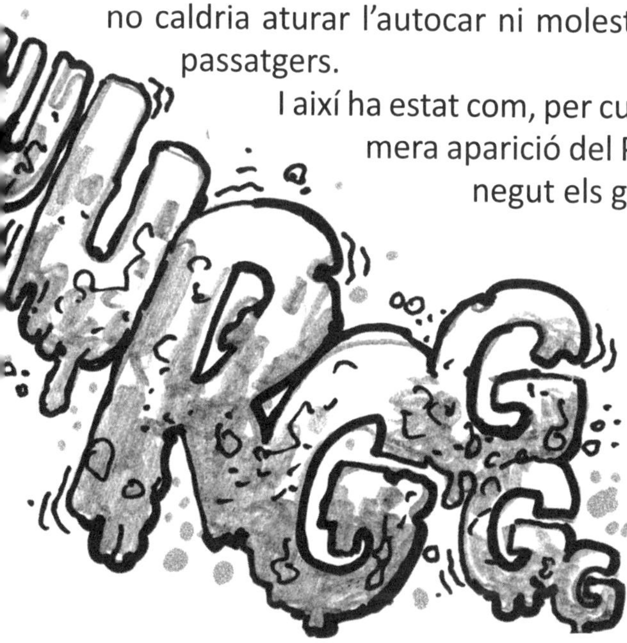

4. Els increïbles germans Bel

—No vull que m'embrutis si tornes a vomitar —ha dit el germà Bel aixecant-se del meu costat i seient al costat de la seva germana, que no aixeca el cap del llibre.

Són força diferents, els germans. Ella és escanyolida, esgrogueïda i baixeta com una japonesa d'Hiroshima. Ell és alt, ros i té pinta de batedor de beisbol americà de Boston. Ell juga amb una PSP i ella llegeix un llibre gruixut. Ell deu tenir uns dotze o tretze anys, i ella, nou o deu.

M'he connectat els auriculars del meu iPod i he sentit Bob Marley, resignat a no parlar amb ningú. No sé per què els grans creuen que si posen tres nens junts s'han de fer amics. És com posar tres marietes en un pot de vidre o tres gossos en un *pipican*.

Al cap de dues hores, la germana Bel ha acabat un capítol, ha tancat el llibre, ha mirat al seu voltant com si no sabés on era, s'ha adonat que jo seia al seu costat i m'ha preguntat:

—Era croqueta de pollastre o de bacallà?

—El què?

Perquè no sabia ben bé de què em parlava.

—La croqueta que has vomitat.

—De bacallà —he contestat de seguida—. Em van obligar a menjar-ne ahir al vespre, però les trobo fastigoses.

—Són més fastigoses les truites de cervell, els peus de porc i la sang fregida —ha dit la germana Bel, molt experta en temes repugnants.

El seu germà ha gemegat en sentir-la.

—Calla, si us plau.

Però la germana Bel ha continuat:

—I els cargols, i els musclos, i les cloïsses que es mengen vives i es mouen a la boca.

—No vull sentir-te! —ha cridat el germà Bel.

La seva germaneta ha continuat. És impressionant la quantitat de coses fastigoses que sap. He dibuixat les que he recordat.

ELS CUCS QUE ES MENGEN ELS MORTS.
LES MOSQUES QUE VOLEN DAMUNT LA MERDA.
LES MOSQUES QUE ABANS VOLAVEN DAMUNT LA MERDA I ARA SÓN DAMUNT DEL PA AMB XOCOLATA.
L'ULL QUE ES VA ARRENCAR ANNÍBAL QUAN VA PASSAR ELS PIRINEUS DALT D'UN ELEFANT.
HAAAA
EL GOS QUE ES VA MENJAR L'ULL D'ANNÍBAL.
EL CARTAGINÈS QUE VA ESBUDELLAR EL GOS QUE S'HAVIA MENJAT L'ULL D'ANNÍBAL PER MENJAR-SE'L ELL.

El germà Bel, aleshores, s'ha aixecat d'un salt, ha agafat la meva bossa de plàstic, sense demanar-me permís, i ha vomitat a dins.

—Arròs, calamars a la romana, crispis de xocolata i galetes —ha cantat la germana Bel mirant a través del plàstic—. No et vas menjar el plàtan que et va dir la mama.

—O calles o te la buido pel cap! —ha dit el germà Bel amenaçant la seva germaneta petita.

Però ella s'ha aixecat, l'ha fitat als ulls molt valenta i li ha xiuxiuejat amb veu d'ultratomba:

—Fes-ho i veuràs!

M'ha impressionat. I a ell també. Hi ha nenes que tenen molt males puces i la germaneta Bel n'és una. Aleshores el germà Bel, desconcertat, ha agafat la seva bossa i s'ha aixecat plorós.

—Aniré als papes, els diré que m'has fet venir fàstics i que he vomitat per culpa teva. Et castigaran.

Se n'ha anat i ha fet el que havia amenaçat. L'ha delatat. L'he vist assenyalant la seva germana amb el dit des de l'altra punta de l'autocar.

—El teu germà és un *acuseta*.

—No és el meu germà.

—Ah, no?

—Com vols que siguem bessons?

—Bessons? —he fet jo, molt sorprès.

—Ho veus? Tu tampoc no t'ho creus.

—Però, sou bessons o no?

—Això diuen, però ens assemblem com un ou a una castanya. Es van equivocar.

M'he refregat els ulls i els he mirat un altre cop. No entenia res.

—I per què es van equivocar? Qui es va equivocar?

—Les infermeres. De vegades s'equivoquen

i confonen els bessons. Jo no sóc la bessona del Borja i no em dic Mariona.

—Ah, no?

—Tu flipes! Faig cara de dir-me Mariona?

Té tota la raó. Ni era la germana del Borja ni es deia Mariona. De fet, no encaixava gens en aquell autocar.

—Mariona és un nom tou, de figaflor, llefiscós —ha dit arrufant el nas.

—I com et dius?

—Quan trobi els meus veritables pares, els ho preguntaré.

—Et puc dir Tempesta —li he suggerit inspirant-me en la gossa del meu cosí, que és negra i té tan males puces com la Mariona.

M'ha mirat amb els ulls tan oberts que li han ocupat tota la cara i s'ha tornat tan blanca que he pensat que també vomitaria.

—Vols vomitar?

—No. Estic tenint una revelació.

—Una què? —he preguntat jo, que sóc una mica inculte.

—Una revelació és quan descobreixes una cosa que no sabies, però que és veritat.

—I quina revelació has tingut? —he preguntat jo, sense entendre gaire per on anava la cosa.

—Que em dic Tempesta.

M'he quedat planxat, perquè Tempesta és un nom de gos, com Tobi o Cuqui.

—Vols dir?

—Sí. És massa. Tempesta, Tempesta, mira, mira, se'm posa la pell de gallina. M'agrada, m'agrada molt. Potser és el meu nom de debò.

No li he dit això que era nom de gos per no traumatitzar-la. Em cau bé.

Aleshores, el guia ha agafat el micròfon i ens ha interromput.

—Senyores i senyors, acabem d'entrar a Transsilvània.

La Tempesta i jo hem fet un cop d'ull per la finestra, ens hem mirat i hem pensat el mateix. No es notava gens que haguéssim entrat a Transsilvània. La carretera era exactament igual d'avorrida i bonyeguda que deu quilòmetres abans, els camps eren de color verd i estaven esquitxats de gira-sols grocs que fins i tot feien bonic. En comptes de ser

una terra tenebrosa, fosca i llòbrega, feia sol, la gent que hi havia als pobles vestia com a Barcelona, menjava patates fregides i jugava a les cartes. Com si res, com un diumenge a la Rambla.

—I els vampirs? —he preguntat en veu alta, una mica mosca.

Aleshores, el guia, que no m'ha sentit però que deu tenir telepatia, ha dit:

—I molts de vostès, que s'han apuntat a aquest viatge misteriós i inquietant al voltant del personatge de Dràcula, es deuen preguntar pels vampirs..., oi? —ha fet un repàs als viatgers fitant-nos com un inspector d'Hisenda—. Els vampirs són éssers llegendaris comuns a moltes cultures que va fer populars l'escriptor Bram Stoker. Però, en realitat, no són originaris de Transsilvània.

Doncs quina estafa, he pensat jo. Ens fan creure que anem a la terra dels vampirs i resulta que els vampirs, vés a saber, potser vénen del Camp de Tarragona.

—Algú s'ha llegit la novel·la *Dràcula* de l'escriptor irlandès Bram Stoker?

—Jo, jo! —ha cridat el germà Bel des de la segona filera.

—Mentider —ha dit fluixet la Tempesta ensenyant-me el llibre que tenia a les mans i que va i resulta que era el *Dràcula*—. Només se n'ha llegit el resum a la Viquipèdia.

Pocs més lectors. Potser mitja dotzena de mans, entre les quals hi havia les dels meus pares. M'he sentit orgullós d'ells.

—Veig que hauré d'explicar qui era Bram Stoker i fer cinc cèntims de la seva novel·la, publicada l'any 1897. Algú sap on va néixer Bram Stoker?

Estava *xupat* perquè acabava de dir-ho, havia dit l'escriptor «irlandès», però sempre hi ha algun notes que es creu molt llest.

—Jo, jo!!! —ha cridat el germà Bel aixecant la mà—. A Irlanda!

—Ho veus? —m'ha dit fluixet la Tempesta—. Com puc ser germana d'aquesta cosa?

Té raó. He compadit la Tempesta per ser la germana equivocada del seu impresentable germà i m'he repapat al seient per escoltar la història del comte Dràcula i de l'irlandès que se'l va inventar pel morro. Bram Stoker.

I com que m'ha agradat la història de la seva vida, he fet un còmic.

5. La veritable història Bram Stoker

VA TREBALLAR COM A PROFESSOR, PERÒ EL QUE LI AGRADAVA DE DEBÒ ERA EXPLICAR HISTÒRIES DE MISTERI.
I ALESHORES, VA XUCLAR LA SANG DEL SEU FILL...
ÉS INCREÏBLE COM L'ESCOLTEN ELS ALUMNES. ÉS EL MILLOR PROFESSOR.
A LES NITS ESCRIVIA CONTES DE POR I OBRES DE TEATRE PER A UNA REVISTA.
JACK VA AGAFAR L'ESPASA I VA MIG PARTIR EL RATPENAT.
I GRÀCIES A AIXÒ ES VA FER AMIC D'UN ACTOR QUE ES DEIA HENRY IRVING I QUE ERA UN NOTES I UN PENQUES.
UN RATPENAT NOMÉS? TORNA-HO A ESCRIURE.
SÍ, SÍ, HENRY, COM TU VULGUIS...
IRVING, QUE TENIA MOLTS ADMIRADORS I MOLTS DINERS, COM BRAD PITT, VA CONTRACTAR ABRAHAM DE SECRETARI SEU.
PER SER FAMÓS S'HA D'HAVER NASCUT GUAPO.
VAN ANAR A LONDRES. ALLÀ, L'ABRAHAM VA CONÈIXER UNA NOIA, LA FLORENCE, I ES VAN CASAR.
TENS UNA SANG TAN VERMELLA, TAN DOLÇA, TAN FRESCA... CASA'T AMB MI.
ABRAHAM ES VA GUANYAR LA VIDA FENT D'ESCRIPTOR I VA FORMAR PART D'UN GRUP D'ESCRIPTORS DE NOVEL·LES DE TERROR.
AQUEST MES NECESSITO QUE N'ESCRIGUIS UNA DE ZOMBIS. HEM DE PAGAR LES ESCOLES DELS NENS.
TU SÍ QUE EM FAS POR.

I UN DIA ES VA ENGRESCAR A ESCRIURE UN LLIBRE DE VAMPIRS, COM HAVIA FET UN AMIC SEU.
ELS VAMPIRS S'ALIMENTEN DE SANG I VIUEN ETERNAMENT.
I ET PENSES QUE ALGÚ S'EMPASSARÀ AQUESTA BESTIESA?
ABRAHAM STOKER VA CONSULTAR LLIBRES SOBRE BRUIXERIA I MÀGIA NEGRA FINS QUE VA SER UN EXPERT EN VAMPIRS.
VINGA, JA N'HI HA PROU DE FER-TE EL VAMPIR...
VA ESCRIURE LA NOVEL·LA DEL COMTE DRÀCULA. NO HAVIA ESTAT MAI A TRANSSILVÀNIA.
EL SEU PERSONATGE, JONATHAN HARKER, ÉS UN LONDINENC, COM ELL, QUE VIATJA FINS ALLÀ.
JONATHAN HARKER VA AGAFAR UN TREN FINS A BUCAREST.
TRANSILVANIA
TOUR
UN COP LA VA TENIR ESCRITA, ABRAHAM ES VA CANVIAR EL NOM PER BRAM, QUE ERA MÉS CURT.
EM DIRÉ BRAM! SERÀ EL MEU NOM ARTÍSTIC!
I PER QUÈ NO ABRA?
LA NOVEL·LA ES VA PUBLICAR L'ANY 1897 I VA SER UN ÈXIT.
The Fog
Book
«EXHAURIT DRÀCULA»

BRAM STOCKER ES VA FER FAMÓS, MOLT FAMÓS.
SÓC IRVING. ABANS ERA FAMÓS.
SI VOLS QUE ET SIGNI EL LLIBRE, POSA'T A LA CUA.
FINS QUE ES VA MORIR L'ANY 1912.
VIURE ETERNAMENT
PERÒ EL SEU PERSONATGE DE DRÀCULA NO HA MORT.
GLLLL
UUH!
LES PANTALLES L'HAN MANTINGUT AMB VIDA I S'HA CONVERTIT EN UN MITE.
Nosferatu
LE FILM COMPLET DU DIMANCHE
Le Spectre de la Mort Noire
DRINK A PINT OF BLOOD A DAY
TASTE THE BLOOD OF DRACULA
CHRISTOPHER LEE
DRACULA
BELA LUGOSI

I després de parlar-nos de Bram Stoker, el guia ens ha dit que ens començaria a explicar la novel-la i ha preguntat qui sabia com es deia el protagonista. Tothom ho sabia perquè acabava de dir que Jonathan Harker, el protagonista, era un londinenc com ell, però el germà Bel ha estat l'únic que ha picat. Ha aixecat el braç i ha cridat:

—Jo, jo! Es diu Jonathan Harker!!!

Si es pensava que bramant li regalarien algun caramel, l'ha espifiat perquè el guia s'ha rigut d'ell dient que hi havia un passatger molt llest que ho sabia tot i que no s'hi valia, i que per tant no faria més preguntes.

La Tempesta i jo ens n'hem alegrat, perquè els «Jo, jo!» del germà Bel ens foraden el cervell i ens posen molt agressius.

—Doncs el llibre de *Dràcula*... —ha començat el guia.

—Jo, jo me l'he llegit! —l'ha interromput de sobte el germà Bel, que va néixer amb la mà aixecada.

Ho ha dit sense que vingués a tomb, sense que ningú hagués preguntat res. És un flipat del «Jo, jo». He entès que deu ser horrorós ser la seva germana.

—Potser vols explicar tu la història? —li ha preguntat el guia mig fument-se'n, mig amb ganes d'escanyar-lo.

Però el germà Bel s'ha tornat vermell com un pebrot i ha dit que no, que gràcies, que ell no era el guia i que no li pagaven per explicar coses.

—El que passa és que no se l'ha llegit —ha dit la Tempesta per segon cop.

—El Jojo és un *acuseta*, un pilota i un mentider —li he respost per fer-la contenta.

La Tempesta ha obert un altre cop els ulls. És increïble, quan obre els ulls, és com si es convertís en una estàtua famosa. L'estàtua de la Llibertat o la Venus de Milo o alguna d'aquestes.

REVELACIÓ!!!

—Torna-ho a dir.

—El què?

—Com has dit que es deia el meu germà?

—El Jojo.

La Tempesta ha picat de mans, emocionada.

—Sí, sí, es diu Jojo!!! És el seu nom de debò.

No m'ho puc creure, l'he encertat un altre cop.

—Ha estat molt fàcil...

Però la Tempesta m'ha fet «xisst», perquè el guia havia començat a explicar la història del comte Dràcula de debò. La que va escriure Bram Stoker l'any 1897 a Londres, abans que en fessin tantes pel·lícules i ho emboliquessin tot.

6. La veritable història del comte Dràcula

He flipat dibuixant el còmic. Aquí el teniu.

EN JONATHAN HARKER ÉS VALENT I LA FEINA ES LA FEINA.
?
AGAFA UNA DILIGÈNCIA PER ARRIBAR A LA COLLADA DEL BORGO
FORA, FORA, QUE VOLEM MARXAR.
ES FA DE NIT I UDOLEN ELS LLOPS. A LA COLLADA L'ESPERA UN SERVENT DEL COMTE.
EL POBRE JONATHAN, MORT DE POR, S'ENFILA DALT DE LA CALESSA QUE LI HA ENVIAT EL COMTE.
BENVINGUT, SENYOR HARKER. PUGI, PUGI.
EL CAMÍ ÉS ESGARRIFOSAMENT PERILLÓS. ELS ATAQUEN ELS LLOPS.
DEIXI-HO, HOME, JA HA ENTÈS QUE NO LI CAU BÉ...
PASSADA LA MITJANIT ARRIBA A UN CASTELL PENJAT DALT DE TOT DELS CINGLES.
ON ES EL CONDUCTOR? TRUCARÉ A LA PORTA...

EL REP EL COMTE DRÀCULA MOLT AMABLEMENT. UN HOME MISTERIÓS QUE NO MENJA.
QUE NO SOPA, VOSTÈ?
NO, MENGI, MENGI.
EL COMTE DRÀCULA ÉS MOLT CULTE I PROVÉ D'UNA ANTIGA FAMÍLIA.
DESCENDEIXO FINS I TOT D'ATIL·LA.
EL COMTE DRÀCULA L'HA CONVIDAT PERQUÈ VOL PRACTICAR ANGLÈS AMB JONATHAN I VOL QUE LI EXPLIQUI COSES SOBRE ANGLATERRA.
AU, CONTINUEM: "HOW LONG HAVE YOU LIVED IN LONDON"?
CADA NIT EL VISITA PER XERRAR I SAP MOLTES COSES DE LA HISTÒRIA DE ROMANIA.
ME'N RECORDO A LA BATALLA AL CAPDAVANT DE...
QUE HI ERA?
NO, NO, ÉS UNA MANERA DE DIR.
AVIAT S'ADONA QUE TAMPOC NO HI HA CRIATS NI SERVENTS.
EOOOO! QUE HI HA ALGÚ??
I UN VESPRE DESCOBREIX QUE EL COMTE NO ES REFLECTEIX AL MIRALL.
QUÈ PASSA AQUÍ?

De sobte, en el moment més emocionant, el guia ha callat i ha dit que ja continuaria explicant-nos la novel·la un altre dia, que havíem arribat a

Bistrita i que havíem de fer una visita a una església gòtica luterana construïda en el segle XIV que hi ha a la plaça de Bistrita.

Ja comencem.

Me la bufen les visites.

Per què suposen que un autocar de catalans que s'han apuntat a un viatge per conèixer la ruta de Dràcula té interès a visitar una església luterana?

—Què és una església luterana? —pregunto a la Tempesta, que fa cara de saber moltes coses.

—És una església d'un capellà que es deia Luter i que era un protestant que es va separar del Papa de Roma.

—Au, Víctor, que no tenim tot el dia! —crida la mama fent-me un senyal amb la mà.

I en mirar per la finestra per veure si cal agafar el jersei o no per sortir —en aquest país no és l'estiu—, l'he tornat a veure.

Ho juro.

El Pernil era allà, al mig de la plaça de Bistrita, camuflat entre els turistes. He fet un crit i m'he amagat a terra, sota els peus de la Tem-

pesta. La mama s'ha esverat i ha vingut cap a nosaltres amb la seva nova càmera de fer fotos a la mà.

—Víctor, Víctor! Què tens?

Jo he assenyalat feblement cap enfora, a punt de confessar el meu crim, però no he tingut forces per parlar i la mama ha fet una interpretació molt seva.

—T'has tornat a marejar!

M'ha semblat que se m'obrien les portes del cel. Em veia incapaç de sortir a fora i d'enfrontar-me al fantasma del Pernil.

—Aixeca't, t'anirà bé una mica d'aire.

He fet que no i la Tempesta m'ha llançat un cable.

—Estarà millor ajagut al seient. Ja em quedo fent-li companyia.

La mama ha somrigut i s'ha tret un pes del damunt, perquè li feia molta il·lusió veure l'església luterana i fer-ne moltes fotos per estrenar la seva càmera. De segur que si no l'hagués pogut veure, m'ho hauria retret la resta de la seva vida.

—Gràcies, maca. Si es troba pitjor, ens avises.

Aleshores, m'ha fet una foto per provar el flaix i se n'ha anat sense posar-me una mà al front, com fan les mares, ni mirar-me les ninetes per veure si tinc febre. És molt fort perquè de vegades penso que els meus pares fan veure que em porten als llocs perquè jo m'ho passi bé, però són ells els qui s'ho passen bé.

—Gràcies, la propera vegada ho fem a l'inrevés —m'ha dit la Tempesta.

—El què? —he preguntat sense caçar-la.

—A la propera visita d'església seré jo qui faré veure que m'he posat malalta.

Era molt llarg d'explicar tot allò del Pernil i li he dit que OK, que ens aniríem alternant en això de les malalties per escaquejar-nos de les visites.

M'he endormiscat mentre em preguntava fins on em perseguiria *el fantasma del Pernil* i **què calia fer per desfer-me'n. Era un fantasma** *amb poders*? **Un esperit** *sense cos*? **O un vampir que em volia** *xuclar la sang*?

7. El sopar de Jonathan Harker

El Pernil no pot ser un vampir. Ho sé perquè la Tempesta m'ha deixat molt clar que els vampirs no es poden aparèixer de dia. Els vampirs són enemics de la llum del sol i no podrien passejar-se tan frescos per la plaça de Bistrita on l'he vist per darrera vegada. O sigui que he descartat que el Pernil tingués ullals i em vulgués xuclar la sang. Però, què vol?

Visc **obsessionat**.

El veig a tot arreu.

Fins i tot m'ha semblat veure'l a l'hotel on som nosaltres. Al Golden Krone, o sigui al Corona d'Or. Que és el mateix on va sopar i dormir Jonathan Harker quan va estar de viatge a Bistrita.

El guia ens ha explicat que abans no existia perquè Bram Stoker se'l va inventar, però que el van construir no fa gaire per als turistes com nosaltres que els fa il·lusió pensar que sí, que són al mateix lloc que el personatge de la novel·la.

És un hotel força normalet que té un restaurant batejat com a **Jonathan Harker** i a fora està penjat el menú del sopar de Jonathan Harker:

Robber Steak

Carn de bou amb cansalada, ceba i pebrot vermell

Vi Golden Mediasch

Quin fàstic! A mi no m'agrada el pebrot. El pare, en canvi, ha flipat i s'ha fet el setciències.

—Ei, per sopar hi ha el menú que va sopar el Jonathan Harker a la novel·la. És increïble.

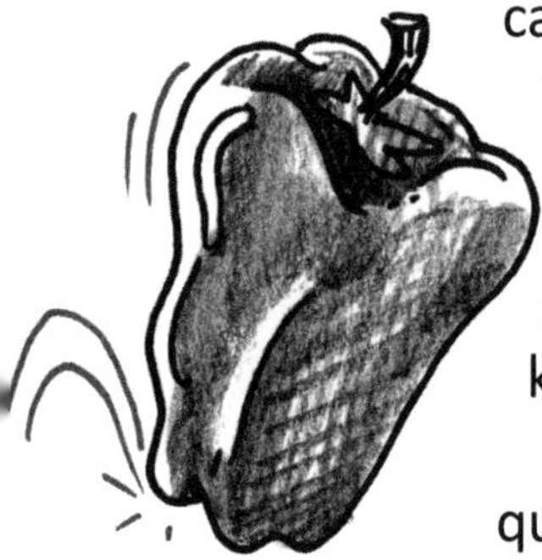

Tant hi fa que l'hotel no existís i que Bram Stoker s'ho hagués inventat. Ens hem assegut a sopar amb els pares dels germans Bel i a mi m'ha tocat seure al costat del Jojo. Han pensat que, com que érem dos nois, ens faríem amics i parlaríem de la Wii, de la PSP i de bàsquet. Però jo prefereixo parlar amb la Tempesta, que és més enrotllada que el seu germà.

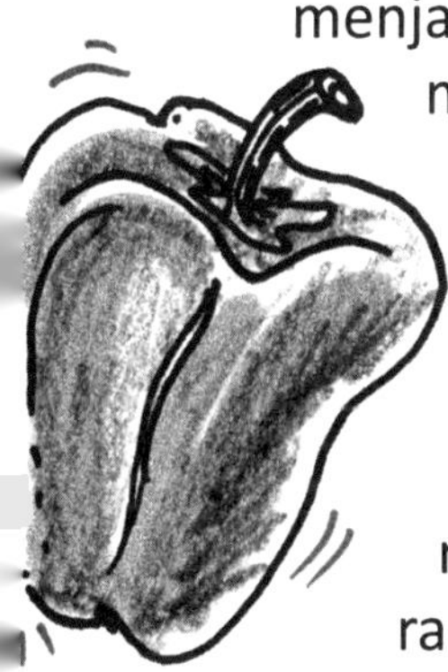

Tots els turistes del menjador estan sopant menys nosaltres. Ja ens han marginat. Som les famílies amb nens i ens han donat la taula més *cutre*, en un racó prop dels lavabos on ni tan sols ens veuen els cambrers. Els nens i els gossos, ja se sap, fan **NOSA.** A les altres taules han posat ampolles de vi i a la nostra taronjada, fins que la mama ha demanat si us plau que els portessin vi amb el seu anglès amb accent d'Igualada. Sort que el cambrer havia treballat en un bar de la Costa Brava i l'ha entès.

L'estafa més grossa de totes és que, tot i ser una taula de nens, amb beguda de nens i en un racó de nens, no ens han portat menú de nens.

Jo esperava espaguetis, macarrons, pollastre amb patates fregides, o pizza, pel cap baix.

Però ens han dut Robber Steak.

Puaahh!!!

He fet un dibuix perquè no se m'oblidés mai aquest horrorós sopar.

He protestat, com el Luter, però el pare, que ara s'ha encaparrat a educar-me gastronòmicament —com diu—, m'ha dit que no m'aixecaria de taula fins que no quedés ni una engruna de pebrot al meu plat. M'he fixat que la Tempesta, dissimulant i sense piular, l'anava posant al plat del Jojo, que parlava pels descosits i badava. El Jojo no callava. Ho sabia tot i parlava de tot. He aprofitat per fer el mateix que la seva germana equivocada i al cap d'una estona la Tempesta i jo teníem el plat ben net de pebrot i ceba, i en canvi, el plat del Jojo era una monstruosa muntanya de pebrot i ceba damunt del tros de carn de bou mig crua.

—Ei, jo no tenia tant pebrot! —ha cridat de sobte.

—En té molt! —l'ha compadit la mama, a qui tampoc li agrada el pebrot i que també l'ha anat passant al plat del meu pare.

—El Borja s'ho menjarà tot, ja ho veureu. No és un llepafils com la Mariona —ha dit el seu pare, cofoi.

I el Jojo, per donar la raó

al seu pare, s'ha llançat sobre el pebrot com si li anés la vida. S'ha posat vermell de l'esforç i, en acabat, ha dit:

—Ho veieu? Ja me l'he acabat!

El meu pare ha quedat impressionat.

—Se'l pot dur a tot arreu, aquest noi.

—I ha tret molt bones notes —ha dit la seva mare, que com totes les mares aprofita qualsevol excusa per dir que el seu fill ha tret bones notes.

—El meu també! —ha cridat la meva de seguida.

De fet la meva, pobra, és el primer cop en sa vida que pot dir-ho i ara se n'aprofita.

—El Víctor ha millorat molt aquest darrer trimestre. Ha tret gairebé tot excel·lents i per això hem decidit fer el viatge.

La mare del Jojo ha sospirat.

—El Borja treu excel·lents sempre.

A la mama no li ha agradat gens el comentari, però ha dissimulat.

La família Bel ha continuat metrallant-nos amb les meravelles del Jojo.

MERAVELLES DEL JOJO

—Xinès!!! —exclama el meu pare ennuegant-se.

El papa té flaca pels xinesos. Diu que com que en són tants, aviat no cabran al seu país, que s'escamparan pertot arreu i que el planeta acabarà ple de xinesos que parlaran xinès. Però el que més li agrada al pare dels xinesos és la seva afició als karaokes. Des que va saber que els xinesos cantaven als karaokes que vol anar a la Xina. El problema és que al papa li agrada cantar les cançons de Nino Bravo i no crec que les trobi a la Xina.

—Voleu que us digui AQUEST MENJAR ÉS MOLT BO en xinès? —ha proposat el pilota del Jojo.

I sense esperar la resposta, ha començat a parlar en xinès. Sonava tan desagradable com un udol de conill. En acabat ha somrigut i ha abaixat el cap esperant aplaudiments.

—Increïble! —ha dit el meu pare, impressionat.

—Al·lucinant —ha dit la meva mare per quedar bé, però sense gaire entusiame.

Potser a la mama li fot que jo no sàpiga xinès ni toqui el piano.

—No us pot fer un recital de piano perquè no ens el podem endur de viatge. No ens hi cap, a la maleta —brama la senyora Bel rient del seu acudit tota sola.

—Però els escacs sí que els portem. Si algú vol fer una partideta, que es prepari a perdre —rebla el clau el senyor Bel.

La mama, molt humana, s'ha adonat que ja n'estaven fent un gra massa i ha desviat la conversa.

—I la nena també toca algun instrument?

Els seus pares han callat, un xic avergonyits, i han estossegat discretament.

—La Mariona és una mica...

—Especial.

—La Mariona és tonta! —ha cridat encantat el Jojo.

—Vés-te'n a cagar! —ha respost la Tempesta.

—Mariona! Què és aquesta llengua? —l'ha renyat la seva mare.

Jo sé que la Mariona no és gens *tonta.* Sap moltes més coses que el Jojo, però no juga a aixecar la mà.

—Mireu! —ha cridat la Mariona de sobte.

Tots ens hem girat cap a on ella ha dit i no hem vist ningú. També veu fantasmes.

—Què has vist, nena?

—Ho sento, m'he confós —ha fet la Tempesta amb cara de bona nena.

—La Mariona és burra i no s'hi veu. Haurà de dur ulleres —ha cridat el seu odiós germà bevent del got de taronjada.

Aleshores, la Tempesta l'ha mirat fixament i ha tornat a repetir la seva frase.

S'estava cagant. **Ho juro.**

—Mariooooona! —ha cridat el seu pare, enfurismat—. Una altra vegada?

La Tempesta és una bruixa? Ha llançat un malefici al seu germà bessó?

8. Els roncs antiesperits

La Tempesta no és cap bruixa ni té poders. Per sota la taula m'ha ensenyat una ampolleta molt petita.

—Laxant —ha xiuxiuejat.

No m'ho puc creure. Li ha posat laxant al got de taronjada del seu germà equivocat.

—Quan em toca els nassos, el castigo. Es passarà tota la nit al vàter.

I ha continuat sopant amb cara d'angelet i ja no ha obert més la boca. El Jojo s'ha assegut a la taula amb cara de males puces i ha dit a la seva germana:

—Me les pagaràs.

La Tempesta li ha tret la llengua. Aleshores el Jojo m'ha mirat a mi i ha afegit:

—I tu també me les pagaràs.

Jo? Jo què li he fet? Per què es fica amb mi, ara? I com si m'hagués sentit em diu:

—Em caus malament.

La Tempesta ha aclarit:

—Amb mi no s'atreveix i per això fa el gallet amb tu.

El Jojo és un *bronques* i per si de cas he callat. No em vull endur una pinya equivocada del germà equivocat.

Tots tres nens ens hem quedat en silenci. En canvi, els pares i les mares cada cop estaven més animats. S'han fet íntims després de la segona ampolla de vi de Transsilvània i han demanat un licor vermell que es diu **DRÀKULA**.

Les mares s'han explicat on compren els cal-

çotets als nens, i els pares, quina marca de frankfurt els agrada més. Al cap d'una estona han criticat els pentinats de les presentadores dels telenotícies i han passat a parlar de karaokes i de la Xina. I jo, mentrestant, he vist com s'aixecava l'esperit del Pernil d'una taula propera i se n'anava passadís enllà. No s'ha girat ni un sol cop. No m'ha dit ni mu. Però és aquí. A prop meu. Per recordar-me que sóc un trampós i un mentider. M'han tremolat les cames i se m'ha emboirat el cap.

Ha estat traumàtic.

Els pares de vegades no tenen consideració.

—L'acompanyaré a l'habitació —ha dit la mama.

I aleshores tothom s'ha aixecat fingint que estaven amoïnats per mi. Són molt falsos. Estic segur que, si jo em morís, a la família Bel li importaria un rave. A la Tempesta no, però la Tempesta no és de la família Bel.

Confesso que estava escagarrinat i per això he

demanat a la mama, si us plau, si com a excepció excepcional podia dormir a la seva habitació. Que no els molestaria, que m'adormiria de seguida i que no els sentiria si volien xerrar o llegir o explicar-se acudits —perquè de vegades riuen molt—, però que tenia por de les històries dels vampirs, de Dràcula i de Jonathan Harker.

La mama m'ha dit que sí i ha estat molt comprensiva.

El papa no és comprensiu i s'ha empipat.

—Què hi fa **AQUEST**, a la nostra habitació? —ha dit assenyalant-me.

Sempre que diu **AQUEST**, vol dir que li caic malament.

—Té por i no es troba gaire bé —m'ha defensat la mama.

—Por? Por d'una novel·la?

I la mama li ha fet pagar la frustració de no poder anar al Carib.

—La culpa és teva per inflar-li el cap amb històries de vampirs.

—Les històries de vampirs són inofensives. Saps el que m'ha fet por a mi? Aquesta nena, la Mariona.

Ella sí que fa por. Dràcula no me'n fa gens ni mica.

—Doncs a mi sí —he protestat—. Sóc un nen molt imaginatiu i m'imagino massa coses i ara tinc el cap ple de fantasmes i vampirs.

I era la veritat. Veia el Pernil pertot arreu i a totes hores. Suposo que m'aniré acostumant al fantasma del Pernil i potser acabaré xerrant-hi i pactant alguna solució per les notes. Però aquesta nit no. Aquesta nit necessito una treva.

—Au, va, no t'enfadis. S'adormirà de seguida —ha fet la mama, conciliadora.

Jo he fet veure que m'adormia de seguida i he sentit la mama que deia:

—Ho veus? Pobre. No molesta.

—Que no molesta? M'ha tret del llit! Aquest era el meu llit!

No sé com s'han apa-

nyat amb un sol llit, perquè jo m'he clapat. Només sé que no he tingut malsons perquè els roncs del pare foragiten tots els fantasmes del món. No hi ha ni un fantasma que gosi passar la porta de l'habitació on dorm el pare. Els té a ratlla.

De bon matí, després d'aixecar-me, dutxar-me, vestir-me, sortir de l'habitació i veure un raig de sol, he pensat que el dia anterior m'havia obsessionat amb el Pernil i havia exagerat. Que no podia anar pel món veient fantasmes i que devia ser una flipada meva.

He entrat al menjador, he omplert una safata amb tres ous ferrats i quatre talls de *bacon* i en girar-me, plaf, he ensopegat de cara amb un paio baixet, un nen que duia una safata plena de bols de crispis de xocolata.

—Víctor!!! —ha cridat el nen deixant caure la safata i fent un soroll de mil dimonis.

Jo, en canvi, m'he agafat a la meva safata ben fort i no m'ha caigut a terra. Però m'he quedat glaçat i blanc com un iogurt.

No m'ho podia creure.

Era el Pernil.

9. La càmera perduda

El Pernil no és cap fantasma. És un nen de carn i ossos. És el Pernil Martínez de debò, que, casualment, viatja amb els seus pares en un altre autocar que, casualment, fa la ruta del comte Dràcula, i, casualment, han triat la mateixa agència i, casualment, han escollit els mateixos dies que nosaltres.

És una **gran casualitat** feta de moltes **casualitats petites**. Com la vida, que és una casualitat. A mi em van tocar els meus pares per casualitat i a la pobra Tempesta li van tocar els seus també per casualitat. De vegades, es té sort i d'altres, no.

Jo he tingut la mala sort que el Pernil faci la ruta del comte Dràcula amb els seus pares.

I és mala sort per tres raons.

Em sap greu perquè el Pernil s'ha emocionat molt quan m'ha vist i m'ha tornat a repetir que jo era el seu millor amic i que el nostre destí màgic feia que coincidíssim en aquest viatge sanguinari i que estava molt trist perquè el curs vinent no aniríem a la mateixa escola. Aleshores, li he recordat que els seus pares volien el meu cap i li he demanat si us plau que dissimuléssim i fingíssim que no ens coneixíem. Massa tard. Els seus pares han entrat al menjador i, en veure la trencadissa que havia fet el seu fill i clissar-nos a tots dos a quatre grapes collint trossets de bol esbocinats i els crispis de xocolata, han corregut cap a nosaltres.

—Nil! Com ha estat, això?

—No res, hem ensopegat i m'ha caigut la safata.

—Hola, em sones —m'ha dit la mare del Pernil fitant-me com si em despullés—. Et conec —ha dit finalment, satisfeta.

El seu pare també m'ha estudiat com si jo fos un assassí en sèrie i ha fet petar la llengua.

—De l'escola —ha dit.

—Sí! —ha fet la seva mare donant-li la raó—. Un nen de

l'escola —m'ha mirat per totes bandes i ha afegit—: a punt de fer sisè!

El seu pare, seguint-li el joc, ha mig tancat els ulls i ha dit:

—De la classe del Nil!

El Pernil i jo cada cop estàvem més acoquinats.

—Sí, és una casualitat —ha dit el Pernil molt fluixet.

Jo tremolava perquè, si per la cara no m'havien reconegut, m'identificarien pel nom i després del «em sones» tocava allò de «com et dius?». Per això, en veure la mare que em feia ganyotes des de l'altra punta del menjador, m'he escapolit a tota pastilla sense acomiadar-me, com si fos un nen salvatge i mal educat.

Mentre m'escapava he pensat que els pares del Pernil em feien por i que em recordaven els *cowboys* de les pel·lícules. Són misteriosos, secs i manaires, i en comptes de mirar, et radiografien.

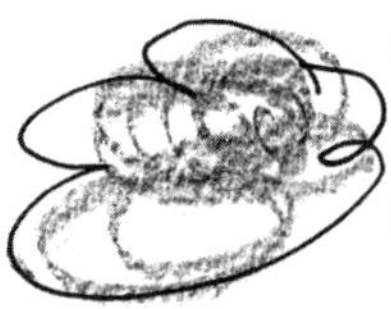

—Víctor, acompanya'm —m'ha dit fluixet la mare, esverada, agafant-me la mà.

—On?

—No ho diguis a ningú, però em vaig deixar la càmera de fotografiar a l'església luterana.

La mama és així. S'ho deixa tot: les claus, el barret, el bitlleter. A mi se'm va deixar al supermercat quan era petit. I ara va i resulta que ha perdut la càmera que li va regalar el papa pel seu aniversari i que és superbona.

—Corre, corre, abans que surti l'autocar. Ens dóna temps d'anar i tornar.

He aprofitat l'excusa per perdre de vista el Pernil i la seva família. M'he hagut d'afanyar perquè la mare corria accelerada davant meu i no em deixava ni respirar.

—És per aquí, oi?

No té sentit de l'orientació i es perd sempre.

—No, és per allà —li he hagut de dir un munt de vegades.

Per això vol que l'acompanyi, per no perdre's. Jo no puc entendre que hagi anat cent mil vegades al mateix dentista i que sempre es fiqui al carrer de la dreta en comptes del de l'esquerra. Ni que es miri els mapes a l'inrevés. Per sort no he heretat el gen de perdre's de la mama. Dec tenir el gen d'entendre els mapes per part de pare. I per això la mama m'utilitza sempre i em diu: «Au, Víctor, acompanya'm». M'ho fa des que era molt petit. Abans em feia il·lusió, però ara m'adono que m'utilitza i que és com una feina. Potser quan sigui gran podré treballar de persona que acompanya als llocs. No sé si existeix aquest ofici, però jo l'he practicat molt amb la meva mare.

—Estàs segur que era per aquí? —em pregunta per quarta vegada.

—Mira, ja hi som. Aquí tens l'església luterana —l'hi assenyalo.

La mama mira cap a totes bandes despistada. No sap on és i no li sóna gens la plaça de Bistrita. Té ulls a la cara?

—No la trobarem —l'aviso—. Se la deu haver endut algú.

Sóc molt realista i sé que les càmeres oblidades no duren gens. Sempre hi ha algun turista disposat a provar-la per veure si fa les fotos millor que la seva.

Hem entrat esbufegant a l'església i hem hagut de fer cua darrere d'un grup de japonesos que treien fotos de totes les cadires i de totes les rajoles.

La mama ha corregut fins a un banc i s'hi ha assegut.

I el que ha passat ho he dibuixat perquè **ENCARA** no m'ho crec.

VOLS DIR QUE ERA EN AQUEST BANC?
I TANT!
HI HA UN 97% DE PROBABILITATS QUE NO HO SIGUI.
ANEM A DEMANAR-LA AL CAPELLÀ.
NO, NO!
JO FORGOT LA MEVA CÀMERA A LA CHAIR YESTERDAY.
?
NO ÉS LA MEVA MARE.
HERE YOU ARE.
NO M'HO PUC CREURE. LA MAMA TÉ UNA POTRA INCREÏBLE. PERD UNA COSA I LA TROBA.
MUAC!

Hem tornat a tota pastilla, traient el fetge per la boca i sospitant, sense dir-ho, que fèiem tard. A pocs metres d'arribar-hi la mama s'ha aturat, m'ha donat la càmera a mi i m'ha demanat que l'amagués perquè el papa no s'assabentés que l'havia perdut. No he tingut temps de pensar si el que feia era un delicte. He hagut de ficar-me la càmera dins de la butxaca dels pantalons i continuar corrent. I ha passat el que tots dos ens temíem.

L'autocar era davant de l'hotel. Tots els passatgers eren dins de l'autocar. L'autocar estava esperant-nos a nosaltres dos.

Els passatgers estaven mosquejats, el guia estava empipat i el papa estava enfadadíssim. Ens mirava estintolat a la porta, amb cara de pomes agres, i quan ens ha tingut al davant ha tret foc pels ulls.

—On dimonis us havíeu ficat?

Una pregunta d'aquestes que es fan però que no es responen. Nosaltres no podíem perquè prou feina

teníem a respirar per l'esprint final de la marató.

—Afanyeu-vos! —ha dit per quedar bé davant dels altres passatgers.

I en començar a pujar les escales, ens ha bramat:

—Fa mitja hora que us esperem!

Hem pujat d'un salt, la porta s'ha tancat al darrere nostre i l'autocar ha engegat tot d'una fent-nos caure, a la mama i a mi, damunt del Noi de la Llet i de la senyora de la biodramina.

Hem demanat perdó, ens hem aixecat i aleshores ha passat un altre miracle.

Sóc un lladre?

10. La collada del Borgo

L'autocar està sortint de Bistrita i per la finestra reconec l'església luterana que he visitat a corre-cuita amb la mama. Em sembla curiosa i original, amb tantes punxes, amb aquest aire nòrdic de castell de fades.

La Tempesta gira la darrera pàgina del llibre, sospira, em pica l'ullet i em diu fluixet:

—El Jojo s'ha passat la nit al vàter.

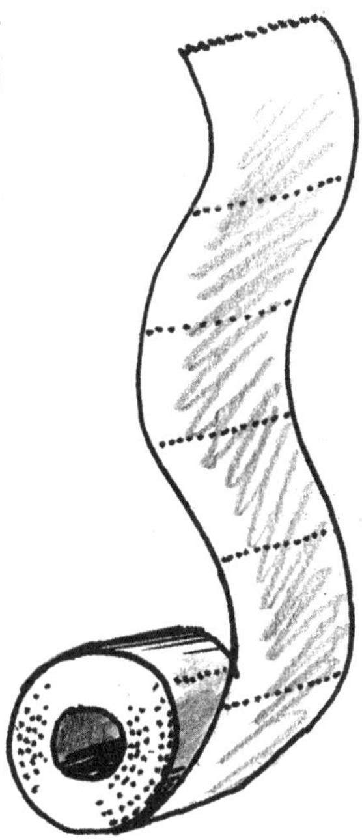

El miro d'esquitllentes i el veig més prim, com si s'hagués buidat, i amb moltes ulleres. S'adona que l'estic observant i gruny com un ós.

—Me les pagaràs per partida doble.

I jo què li he fet ara?

—S'ha emprenyat perquè ens has fet esperar —m'explica la Tempesta—. Vol arribar a la collada del Borgo. El molt burro es pensa que és un lloc emocionant.

La collada del Borgo no té res d'especial. És un tros de carretera de muntanya que puja. Per això, per no avorrir-me, he demanat el llibre de *Dràcula* a la Tempesta, que ja se l'havia acabat, i he llegit el que deia Bram Stoker del viatge que feia Joanathan Harker per pujar la collada del Borgo i que la nostra collada no tenia. La seva collada del Borgo (la de mentida, que es va inventar Bram Stoker) tenia més coses que la nostra.

He dibuixat les coses que deia Bram Stoker que tenia la seva collada del Borgo.

De sobte, he deixat de llegir perquè he notat una pudor molt forta, i molt a prop. M'he tapat el nas i m'he adonat que la Tempesta també se l'havia tapat.

—El Borja s'ha fet un pet —ha dit la Tempesta.

—No és veritat! Mentidera! Són els fems dels camps! —ha cridat el Jojo.

Però jo sé que era veritat. He procurat no respirar gaire i he continuat llegint, però una llum m'ha enlluernat i m'ha fet tancar els ulls. És el flaix de la càmera de la mama, que s'ha aixecat del seu seient i ha vingut a fer-me una foto.

—Continua llegint, que te'n faig una altra. És increïble. El primer llibre que et veig a les mans.

La meva mare s'ha passat. La Tempesta m'ha mirat malament i, aleshores, m'ha fet vergonya i li he dit fluixet:

—Llegeixo d'amagat totes les nits.

La Tempesta ha fet que sí, molt comprensiva.

—Els meus pares s'enfaden molt si em troben llegint al llit.

M'he pensat que se'n fumia. Però no, m'ha ensenyat una llanterna molt petita que duia a la butxaca.

—Em tapo el cap amb el cobrellit i encenc la llanterna, així no em veuen.

He empassat saliva. No m'ho puc creure. Hi ha fills que llegeixen d'amagat dels pares. Hi ha pares que no deixen llegir els fills.

Com que jo tinc uns pares que estarien encantats que llegís, puc fer dues coses:

—Em deixes el llibre de *Dràcula* per llegir-me'l? —he preguntat a la Tempesta.

Tot seguit, he començat a llegir-lo pel principi de tot. I com que ja tenia el cuc de saber com eren els vampirs i com xuclaven la sang i aquestes coses, m'he enganxat i estava tan capficat que no m'he adonat que arribàvem dalt de la collada del Borgo, que no és gran cosa i no s'assembla gens a la que va explicar Bram Stoker. El guia ens ha dit que es va confondre. Els atles de l'època devien de ser una caca i es va equivocar de congost.

En obrir-se la porta, el Jojo ha saltat a fora, corrents, i s'ha ficat darrere d'uns matolls gairebé sense temps d'abaixar-se els pantalons i amagar-se. Ha ensenyat el cul a tot l'autocar.

Jo no m'hi he fixat gaire perquè quan he posat els peus a terra m'he quedat garratibat veient com el Pernil s'acostava dret cap a mi, amb el seu

pare a una banda, i la seva mare a l'altra. Com els tres magnífics. Caminaven sincronitzats, tots tres alhora, i em miraven a la cara, fixament.

Anaven per mi. Ho sabien tot. M'escorxarien de viu en viu.

—Hola, Víctor. Els meus pares et volen saludar —em diu el Pernil quan és a mig pam de mi.

I el seu pare m'ofereix la mà com si m'anés a emmanillar.

—Hola, Víctor. El Nil ja ens ha explicat que ets molt amic seu.

La seva mare, en comptes de fer-me un petó, també m'ofereix la mà, seriosa, com si fos un sergent de la Guàrdia Civil.

—Hola, Víctor. El Nil ens ha parlat molt de tu.

No he sabut quina cara fer, què dir ni on mirar, però no ha calgut perquè el Pernil m'ha salvat i se m'ha endut a un racó a explicar-me una cosa que jo no sabia.

—El pare és mosso d'esquadra i la mare guàrdia civil.

—Què???? —crido jo, esverat.

M'empresonaran.

—Per això no puc amagar-los res. Ho endevinen tot i, si no ho saben, investiguen. No podia amagar-los el teu nom.

I de cop ho he entès: he entès l'esbroncada que van organitzar a l'escola, la forma com em miraven i la manera de donar la mà.

—I per què no m'han detingut?

El Pernil m'ha deixat més relaxat.

—Tranqui. La Terminator no els va dir mai qui era el nen que m'havia posat Pernil.

—I què farien si descobrien que vaig ser jo?

El Pernil ha callat i no m'ha volgut espantar, però com que tinc força imaginació, m'he anat imaginat coses **horroroses.**

Tant és, no fa al cas. Potser és més horrorós tenir els pares policies.

—I com es van conèixer una guàrdia civil i un mosso d'esquadra?

—La mare va posar una multa al pare.

—És molt romàntic —he pensat en veu alta—. En canvi, els meus es van conèixer en un curs d'anglès. Són uns matats.

De fet no és important com s'hagin conegut els pares i les mares; l'important, m'he dit, és que els meus pares i els pares del Pernil no es coneguin **MAI.** Seria terrible si els meus pares parlaven de les notes i s'adonaven que eren les mateixes que les del meu amic. Pel cap baix, els pares del Pernil m'emmanillarien i m'enviarien a una presó d'alta seguretat.

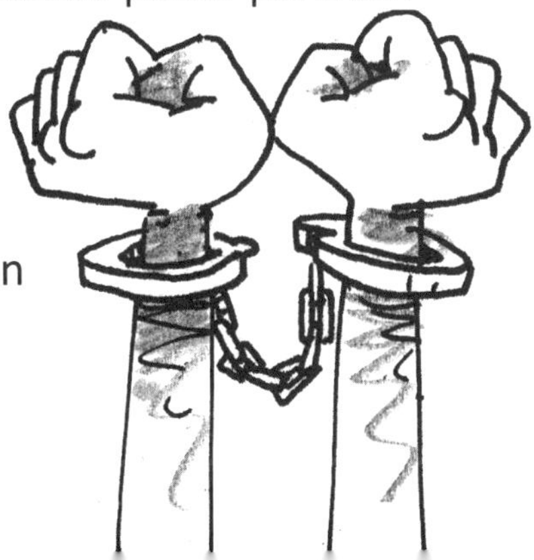

—Víctor, Víctor, posa't aquí, amb el castell de Dràcula al fons. I tu també, maco. Com et dius?

La mama, com sempre, és la cosa més inoportuna del món.

—Pernil, vull dir Nil.

—Víctor, presenta'm el teu amic.

—El Nil Martínez.

La mama s'exclama:

—Ja el conec! De la teva escola! Que és petit, el món. Hola, Nil —ha cridat ofegant el pobre Pernil, que no està acostumat a rebre petons de mares impetuoses com la meva.

—I els teus pares?

El Pernil ha assenyalat vagament cap a un munt de turistes amb l'esperança que no els trobés i canviés d'opinió.

—Vaig a saludar-los de seguida —diu la meva mare.

I em mira a mi.

—Dinarem junts —i afegeix—: Serà divertit, oi?

Divertidíssim. **Ha, ha.** Em peto de riure només de pensar-hi.

Impossible fer-la canviar d'opinió. La mama és d'idees fixes i improvisades. Mai no saps de quin mal has de morir.

Bram Stoker no podia imaginar-se que en el món podia haver-hi una cosa més terrorífica que el seu comte Dràcula: UN DINAR DELS LLOBREGAT, ELS MARTÍNEZ I ELS BEL.

He tret la meva càmera robada i he fet una foto a la collada del Borgo. Potser és la darrera foto que faci en la meva vida.

11. Els calçotets del Jojo

Potser no sóc el nen que trec les millors notes del món, però segurament sóc el nen que pot endevinar més coses del món. He tingut la sospita que la barreja de les famílies Martínez, Bel i Llobregat seria un desastre i l'he encertat.

Sóc un nen endevinaire.

Hem arribat al castell de Dràcula, però no és un castell. És un hotel amb pinta de sanatori de tuberculosos del Montseny, que a l'entrada té unes muralles de cartró pintades de color marró on hi ha un escut amb la D de Dràcula.

És l'hotel castell Dràcula i l'han construït fa poc en el lloc on deia la novel·la de Bram Stoker que hi havia el castell del comte.

No fa gaire por. Fa riure perquè el noi que ha vingut a recollir les maletes porta unes dents de Dràcula molt falses i una capa negra. Com si fos un vampir. Ens han deixat les maletes a les habitacions i ha resultat que sóc

al mateix pis que el Pernil Martínez i que els germans Bel. Jo sóc a l'habitació 403, el Pernil a la 402 i els germans Bel a la 404. El Jojo ha cridat que ell tenia l'habitació capicua i nosaltres no. No li hem fet cas i hem tafanejat. Tot és ple de nens japonesos que diuen que són coreans. A mi em semblen tots iguals i no sé si creure-me'ls. I com que m'agraden més els japonesos, els he dit el meu nom: **Víctor Jubacuto.**

Hi ha molt xivarri perquè els nens juguen pels passadissos. Deu ser la planta dels nens. Hem

comparat les habitacions per veure quina era la millor. La Tempesta i el Jojo tenen banyera i, en canvi, el Pernil i jo tenim dutxa, però el Pernil té tele i jo tinc un despertador digital que fa música. La tele parla en romanès i no s'entén res. La Tempesta ha trobat a la tele del Pernil un programa de videoclips *cutres* que mola molt. Els cantants porten uns vestits lluminosos i arrapats que recorden Elvis Presley. Ens hem quedat tots tres mirant el programa. El Jojo no, perquè ha dit que la banyera era seva i l'ha omplert fins a dalt i s'hi ha ficat. Aleshores, la Tempesta li ha robat els calçotets i ens els ha ensenyat de lluny.

Hem rigut molt.

Els papes ens han trucat pel telefon i ens han dit que baixéssim amb les botes de muntanya posades i l'anorac i que deixéssim de perdre el temps.

* CALÇOTETS

Hem deixat el Jojo a la banyera i hem baixat a tota pastilla.

Els guies ens han repartit unes bosses de paper que posaven **PÍCNIC** perquè farem una excursió i dinarem a la muntanya. Hem mirat què hi havia a dins i no feia gaire bona pinta: un *bocata* de formatge, un altre d'un embotit molt estrany de color taronja, un tros d'enciam i un iogurt. En canvi, el Pernil tenia un ou dur i un plàtan. És un *enxufat* perquè va en un altre autocar i potser fa un viatge de més categoria que el nostre. Ens ha dit que ens partiria l'ou en tres bocins i el compartiríem, però que el plàtan no perquè té molt potassi i ell necessita potassi.

Quan ja érem dins l'autocar a punt de marxar, el guia ha fet recompte dels passatgers i s'ha adonat que en faltava un. Era el Jojo, que s'havia quedat a la banyera i que ja devia estar arrugat. El seu pare ha esbroncat la Tempesta per no avisar-lo i l'ha anat a buscar. El Jojo ha arribat xop com un pop i ens ha mirat amb mirada assassina.

Un cop assegut, ha xiuxiuejat perquè no el sentís el guia:

—Me les pagareu.

Ara ja me'l conec, borda molt però no mossega. Només sap amenaçar, però no té imaginació per inventar venjances.

Per fi l'autocar ha engegat, però al cap d'un

segon ha frenat en sec. S'han obert les portes i ha entrat un guia japonès amb els calçotets del Jojo a la mà preguntant si els havia perdut algú. El nostre guia els ha agafat amb fàstic, amb la punta del paraigua, i els ha ensenyat a tots els passatgers, que es tapaven el nas i feien «ecs». La Tempesta i jo ens pixàvem de riure i havíem de dissimular perquè el Jojo no se n'adonés. Quan han arribat al nostre seient, la Tempesta ha assenyalat el Jojo i ha dit:

—Són seus.

Jo no hauria estat capaç, però la Tempesta sí. És una nena molt valenta i molt canyera.

El Jojo els ha agafat supermegaavergonyit i se'ls ha ficat a la butxaca. Després ens ha tornat a dir:

—Me les pagareu.

Està ratllat i no ens fa por.

De seguida ens hem oblidat de les amenaces del Jojo perquè el guia ens volia fer por de debò i ens ha estat explicant històries d'aquelles que no em deixen dormir a les nits. Ens ha dit que els vampirs que es va inventar Bram Stoker no són ben bé romanesos, però que a Romania, a les nits, els boscos són plens d'esperits i monstres.

Aleshores, el Noi de la Llet —que ho sap tot— ha dit que sí, que a Romania hi ha vampirs i que ell ho sabia perquè havia llegit molts llibres. El guia ha reconegut que hi ha morts que no es moren del tot i fan veure que són vius i s'alimenten de la sang de la família i dels veïns. Per això la gent penja alls i creus a les portes de les cases i van sovint al cementiri per saber si hi ha alguna tomba oberta o algun taüt buit.

He tingut una esgarrifança i el Jojo també. La Tempesta no. És molt valenta i ha dit que es poden reconèixer els vampirs a la primera perquè no els agraden els alls. I si algú no es menja els alls que li posen per sopar, els romanesos el decapiten i li claven una estaca al cor. M'ha semblat molt bèstia i m'he alegrat de no ser un nen romanès.

Hem arribat a la muntanya i quan hem sortit de l'autocar estava plovent. L'autocar del Pernil ha arribat abans, i el Pernil, que havia tingut temps per explorar, ens ha ensenyat un racó molt guai ple de bassals d'aigua fangosa. Hem jugat a saltar-los i el Jojo no ha caigut, jo he caigut un cop, la Tempesta dos, i el Pernil quatre i ha quedat fet un fàstic. Els seus pares l'han renyat, és clar, i ell s'ha defensat dient que ha caigut per culpa del gen de saltar que li falta, però els seus pares, que no són científics, no se l'han cregut i l'han castigat sense plàtan.

Ara el Pernil no té plàtan —ni potassi— i està fotut. Els seus pares s'avergonyeixen d'ell perquè és maldrestre i, a més, està fet un embolic. Diu que

fa temps que hi pensa i com que no troba la resposta a la seva pregunta ens l'ha fet a la Tempesta i a mi.

Per tranquil·litzar el Pernil, li he dit que de vegades els gens s'hereten directament dels avis. Ho sé perquè jo tinc els ulls verd safari i sempre em diuen que són per part d'àvia. La Tempesta, en canvi, li ha dit molt segura que això era una mutació.

El Pernil ha dit que els seus avis eren perfectes i que el més probable és que ell fos un mutant.

El Jojo, que ens estava espiant, li ha cantat «mutant, mutant».

Aleshores, per sort, el guia ens ha convocat amb un xiulet i ens ha explicat l'excursió que faríem. Ens enfilaríem dalt d'un turó des d'on es veuen els boscos de coníferes —que són pins i avets— de la Transsilvània i la collada del Borgo. El guia ens ha explicat que som al mig dels Carpats, la serralada més alta de l'Europa central, que encara conserva óssos i llops. Som a la frontera de Transsilvània i la Bucovina, la regió que hi ha al nord. En resum: ens espera una marrada de dues hores i a qui no li agradi que es foti, perquè el viatge era d'emoció i d'aventura i avui toca aventura, i que per això ens hem calçat les botes i hem agafat els anoracs. En veure que fèiem cares llargues, el guia ha cridat:

—Hi haurà premi per qui arribi el primer.

—Jo! Jo! —ha cridat el Jojo.

I se n'ha anat a corre-cuita muntanya amunt i ens ha deixat tranquils dues hores.

És un matat.

I el premi era una estafa. Li han regalat un ou dur.

En veure'l, el Jojo ha fet morros i ha dit que

preferia un ou Kinder amb sorpresa, però el guia, que em sembla que comença a estar tip del Jojo, li ha dit que si no el vol ja se'l menja ell. El Pernil li ha ensenyat el seu ou dur —de bon rotllo— i li ha dit que ell també tenia ou dur sense ser el primer i que no calia córrer tant.

—Me les pagaràs, mutant —li ha dit el Jojo amb moltes males puces.

El Pernil, que estava tou pel plàtan i pel gen mutant de saltar, ha quedat molt afectat per l'amenaça.

La Tempesta i jo l'hem animat i l'hem mig convençut que el Jojo és innofensiu. Però com que el Pernil és fill de policies i és molt desconfiat i molt *neures,* ens ha dit que no, que el Jojo tenia cara de delinqüent i que delinquiria en qualsevol moment que en tingués l'ocasió. Ens ha mirat com miren els seus pares i ha dit fluixet que la víctima podria ser qualsevol dels tres.

De segur que sóc jo. Sempre em toca el rebre.

12. El pícnic

Efectivament. He estat jo. Ho sabia. Sabia que em tocaria ser la víctima del Jojo. Ara sóc a les seves mans.

Tot ha començat al pícnic. Jo ja sospitava que ajuntar les famílies Martínez, Bel i Llobregat era un poti-poti perillós. Però ha estat molt pitjor del que m'esperava. Els nens estàvem calladets, perquè ens havíem cansat pujant, però els pares no paraven de picar-se. Ha començat el papa Bel, encantadíssim que el seu fill hagués arribat el primer al cim.

—El Borja està fet un atleta. Els equips de voleibol se'l rifen i el seu professor d'educació física ens va demanar que l'apuntéssim als campionats d'atletisme. Té unes marques impressionants.

Els pares del Pernil patien. El Pernil patia. Jo patia. El pare ha picat i ha ficat la gamba.

—El Víctor té moltes qualitats per al bàsquet, encistellant és un crac.

Jo he callat, els pares del Pernil han callat i el Pernil ha callat. La mare ho ha volgut arrreglar i ho ha espatllat més.

—I el Nil quin esport fa?

Hi ha hagut un silenci espectral. Hi ha coses que no es poden explicar amb paraules.

La mare s'ha adonat que ha ficat la pota. Per sort, el pare l'ha tret de l'embolic.

—Quina casualitat que el Nil i el Víctor vagin a la mateixa escola, oi?

—Sí. És una casualitat.

Jo he començat a suar.

—Collen força, collen força. Molts deures, molts exàmens... —ha comentat la meva mare.

La mare Bel, gelosa, hi ha ficat cullerada.

—La del Borja és molt dura, molt seriosa, i tot i això el Borja ha estat el primer de la classe. Ha tret vuit excel·lents i dos notables.

—El Víctor ha tret nou excel·lents i un suficient —he cridat la mare ofegant-se de l'emoció, perquè era la primera vegada que podia dir una cosa així en públic.

Jo m'he volgut fondre i he mirat el Pernil, que s'ha quedat glaçat.

—El Nil també, quina casualitat —ha dit la mare del Pernil.

La meva mare ha somrigut a la guàrdia civil i li ha fet una confidència horrorosa:

—Estem molt contents perquè finalment a l'informe ens han dit que assumeix les seves responsabilitats amb maduresa, constància i esforç.

El mosso d'esquadra, potser de la brigada de delictes informàtics, s'ha gratat el cap i jo he tremolat.

—Vols dir que no tenen un virus a l'ordinador?

—Per què? —han preguntat els meus pares.

—Perquè ja és massa casualitat. Són exactament les mateixes paraules que li han posat al Nil.

El Nil m'ha mirat amb els ulls a punt de sortir-li de les òrbites i he pensat que rebentaria i ho xerraria tot. L'he agafat per la mà, com fan les nenes, i he dit ben alt i ben clar:

—El Nil i jo ens n'anem a pixar.

I me l'he endut lluny, on ningú no ens pogués sentir. I com que estava tan atabalat, no m'he adonat que el Jojo també s'ha aixecat darrere nostre i ens ha seguit. Un cop sols el Pernil i jo, li he explicat com he pogut que l'últim dia de curs havia falsificat les seves notes, i després li he demanat perdó.

—Ho sento, ho sento, perdona'm, perdona'm, no ho faré més. Ja sé que és molt lleig, que no es fotocopien les notes del millor amic, però només volia que els meus pares fossin feliços.

Esperava un pinyo o un crit, però el Pernil m'ha abraçat i m'ha deixat planxat.

—Estic molt content que t'hagis fotocopiat les meves notes.

—Però, però, per què? —he quequejat.

—Doncs perquè ara som **GERMANS DE NOTES.** Tenim les mateixes notes, i estem units per les nostres notes.

Genial. És simplement genial. El Pernil és **GRAN.**

—És un secret —li he recordat.

—Seré una tomba —ha dit seriosament el Pernil.

—Pixem junts —li he proposat.

Les pixeres uneixen molt, sobretot si pixes alhora i ruixes el mateix arbre. La veritat és que m'he emocionat, i mentre pixàvem junts he pensat que sí, que el Pernil era el millor amic que havia tingut mai.

I de sobte, quan creia que tot s'havia arreglat, ha passat una cosa **terrible.**

Com que li ha fet tanta gràcia veure'm ballar la dansa dels set vels (o sigui, set tovalloles), ha dit que volia una foto i m'ha pres la càmera robada. Se l'ha quedat i l'he deixat rumiant com m'humilia aquesta nit.

Només de pensar-ho, ja tremolo.

La meva vida és com un malson. És plena de mentides, estafes i amenaces.

Dràcula no va existir.

Bram Stoker no va ser mai a Transsilvània.

El castell del comte Dràcula és una enganyifa.

I jo, jo... sóc la víctima del JOJO.

El Pernil té tota la raó: és un delinqüent.

13. La veritable història de Vlad Tepes

Al vespre, quan s'ha fet fosc, el guia ens ha fet entrar en una sala molt tètrica, mig en penombra. Duia un canelobre amb espelmes enceses a la mà. Anava vestit amb una capa negra i tenia els ulls més foscos i els llavis més vermells. Segurament s'havia maquillat, però molava quantitat. Jo m'he assegut tan lluny del Jojo com he pogut, i el Pernil i la Tempesta, que són els meus aliats, s'han posat a banda i banda per protegir-me.

Que bé! Durant l'estona que estarem escoltant el guia podré oblidar-me del Jojo i el seu xantatge.

El guia ens ha dit que fins ara ens havia parlat de la novel·la de Bram Stoker i del seu Dràcula, però que havia arribat el moment de la **veritat.** I ha dit *veritat* amb veu ronca i rogallosa.

Ara sí que sabrem en quin personatge de llegenda es va inspirar Bram Stoker per inventar-se el seu comte.

—Jo, jo!!! —ha cridat el Jojo.

Però el guia l'ha mirat fixament, l'ha intimidat, i el Jojo ha abaixat la mà de seguida.

El guia no ha volgut que ningú el tallés perquè ha engegat el rotllo de fer por i ha continuat dient que ara sí que tremolarem. Perquè si bé el comte Dràcula no va existir, Vlad Tepes, l'Empalador, sí.

Juraria que he sentit una bafarada d'aire fred al clatell.

I la Tempesta. I el Pernil. I tothom.

—Heu sentit l'alè del Voivoda Vlad Tepes? El príncep més cruel i sanguinari de la cristiandat? —ha preguntat el guia.

He tingut una esgarrifança.

—El que ara us explicaré és un dels episodis més sagnants de la història d'Europa. Si hi ha persones impressionables o nens que no vulguin escoltar-ho, els prego que surtin. Els detalls són escabrosos i repugnants. Per tant, adverteixo que poden provocar malsons.

La mama ha fet una ganyota i m'ha ordenat que surti de la sala, però jo he fingit que no la veia i he continuat assegut. No m'ho vull perdre per res del món. La Tempesta tampoc no s'ha mogut ni un mil·límetre i el Pernil, sense que el vegi ningú, m'ha agafat la mà. L'hi he agraït perquè en aquests casos saber que n'hi ha un altre més acoquinat que jo dóna ànims. Alguns, en veure que la cosa es posava fumuda, s'han estimat més escampar la boira. La senyora de la Biodramina s'ha aixecat amb el seu marit i, quan ha passat pel costat nostre, ens ha retret:

—Això no són coses per a nens. Au, fora.

Per què la gent gran es pot permetre dir als

nens el que han de fer i el que no? Ens hem fet l'orni i hem mirat cap a una altra banda.

—Mira, mira, com si sentissin ploure —ha remugat en sortir.

No suporto les senyores impertinents.

Les portes s'han tancat grinyolant darrere els porucs. Aleshores, el guia ha tancat les cortines de la sala, ha encès les espelmes de la seva espalmatòria, que feien una llum groga i misteriosa i li projectaven l'ombra de la cara contra les parets, i ha començat la seva esgarrifosa explicació.

No se sentia ni una mosca. La Terminator estaria morta d'enveja.

—Vlad Tepes, l'esperit de Vlad Tepes, fill de Vlad Dràcul, és aquí entre nosaltres per escoltar la seva història. La història de mort i destrucció que en va fer un heroi llegendari.

La Tempesta, el Pernil i jo, esporuguits, ens hem arrambat i hem fet pinya.

EN EL SEGLE XV VALÀQUIA ESTAVA ENVOLTADA D'ENEMICS: ELS HONGARESOS, ELS MOLDAUS, ELS SAXONS I SOBRETOT ELS TURCS.

L'ANY 1431, A SIGHISOARA, VA NÉIXER EL SEGON FILL DEL PRÍNCEP DE VALÀQUIA: VLAD DRÀCUL II.

VLAD DRÀCUL II LI VA POSAR DE NOM VLAD, COM ELL.

VLAD II ERA MEMBRE DE L'ORDE DRÀCUL, QUE ÉS L'ORDE DEL DRAGÓ I DEL DIABLE.

EL PETIT VLADI ERA FILL DE DRÀCUL, O SIGUI DRÀCULA.

EL SEU PARE VA TRAIR ELS CRISTIANS I VA PACTAR AMB ELS TURCS OTOMANS.

I COM QUE ELS TURCS OTOMANS NO SE'N REFIAVEN GENS NI MICA, ES VAN QUEDAR EL VLADI D'OSTATGE.

A CONSTANTINOBLE, AMB ELS TURCS, VLADI DRÀCULA VA APRENDRE TOTA MENA DE TORTURES.

LA QUE MÉS LI VA AGRADAR VA SER L'EMPALAMENT.

AVIAT LI VAN DIR VLAD TEPES, QUE VOL DIR VLAD L'EMPALADOR.

MENTRE ELL ERA PRESONER DEL SOLDÀ, ELS NOBLES BOIARDS VAN MATAR EL SEU PARE.

VLAD TEPES VA ARMAR UN EXÈRCIT GRÀCIES AL SOLDÀ PER CONVERTIR-SE EN PRÍNCEP.

VLAD TEPES, PERÒ, VA DECLARAR LA GUERRA ALS TURCS, ELS VA FER FORA DE VALÀQUIA I ELS VA EMPALAR.

VLAD TEPES TAMBÉ VA EMPALAR TOTS ELS NOBLES BOIARDS.

VLAD TEPES VA CREMAR LES CIUTATS DELS SAXONS QUE NO LI OBRIEN LES PORTES.

DIUEN QUE LA SEVA CRUELTAT ERA ENORME.

FINS QUE EL VAN MATAR A TRAÏCIÓ.

LI VAN TALLAR EL CAP I EL VAN CLAVAR EN UNA PICA A CONSTANTINOBLE.

O sigui que Vlad Tepes empalava homes, dones i nens. Va empalar tothom que li queia malament. Mentre ell va governar Valàquia, més de cent mil persones varen morir empalades en poc més de sis anys. Ciutats senceres, exèrcits sencers, turcs, mercaders, capellans, boiards...

Que fort, que fort! Molt més fort que la matança de Texas que no em deixen veure els papes.

Davant nostre un senyor s'ha marejat i la seva dona l'ha hagut de ventar amb la faldilla. No m'estranya.

M'he de mirar el mapa d'Europa per veure per on passa el Danubi i on és Turquia exactament. He callat una altra vegada perquè el guia tenia més coses per explicar-nos.

—Vlad Tepes, però, no és un personatge fosc i desconegut pels romanesos. Vlad Tepes és una llegenda que el dictador comunista Ceaucescu, que va governar Romania entre el 1965 i el 1989, va convertir en heroi independentista. Ceaucescu va fer erigir estàtues de Vlad Tepes, va dedicar-li carrers, va finançar llibres i pel·lícules sobre ell i va prohibir que els romanesos llegissin la novel·la de Dràcula i que veiessin les pel·lícules que s'havien fet sobre el famós vampir. Creia que era una ofensa per al personatge i un insult per a la història de Romania.

Aquesta sí que és bona. O sigui que fer famós Vlad Tepes i que el conegui mig món és insultar-lo?

—Però el que Ceaucescu no va poder aconseguir mai és trobar les restes de Vlad Tepes, perquè la seva tomba, al monestir de Snagov, era buida!

Tothom ha callat i el silenci es podia tallar amb un ganivet.

—On és el cos de Vlad Tepes l'Empalador? On és el descendent del Voivoda Vlad Dràcul?

Tots hem mirat al nostre voltant esperant veure'l sortir de qualsevol racó.

—Potser no és enlloc, perquè ha fet un pacte amb el diable. Dràcul no ha mort.

Al Pernil se li ha disparat una cama dels nervis. Ha començat a fer-li toc-toc-toc tota sola. Saber que té més por que jo em consola.

El guia ha cridat més i ha aixecat el canelobre damunt del cap.

—Perquè encara és viu i s'alimenta de sang...

El guia ens ha mirat a tots amb els ulls mig tancats i ens ha dit molt fluixet:

—I aquesta nit s'aixecarà del seu taüt, on descansa a la cripta d'aquest castell, i us farà una visita!

S'ha sentit un crit. Ho juro. Algú ha cridat de por.

—No us resistiu, és inútil, perquè ningú no pot resistir-se a la crueltat, al poder del terrible Vlad Draculea!!!

I de sobte ha apagat les espelmes d'una bufada i ens ha deixat a les fosques mentre se sentien uns udols de llop horrorosos. El Pernil m'ha trencat els ossos de la mà de tan fort com me l'agafava i la Tempesta m'ha agafat l'altra mà dissimuladament. Estàvem tots tres escagarrinats. Però no hem plorat ni hem xisclat. Ens hem anant arraulint, arraulint, arraulint, sense gosar respirar i sense saber quina una ens esperava.

I un altre cop ens ha passat arran una bafarada d'aire fred que ens ha gelat la sang a les venes.

I un riure espectral que feia: ***Ho, ho, ho, ho...***

I aquí ha estat quan la gent ha començat a xisclar i a aixecar-se. El pànic s'ha encomanat i la sala s'ha convertit en una olla de cols. La gent s'empenyia per sortir i amb la histèria arrossegaven les cadires i trepitjaven els de davant.

Finalment, s'han obert les portes de bat a bat, s'han encès els llums i s'ha il·luminat l'escena de la fugida, que semblava filmada per a una pel·lícula de terror. I nosaltres tres, garratibats, muts, immòbils i agafats per les mans, hem vist amb els nostres propis ulls com el primer a sortir disparat fora de la sala, amb la cara desencaixada i cridant com un porc quan el duen a l'escorxador, era el JOJO.

14. Els damnificats del terror

La família Bel s'ha enfadat. (La Tempesta no compta perquè és equivocada.) El pare Bel ha dit que la sessió de por havia estat excessiva i que no sortia en el programa que els havia donat l'agència, que ells havien comprat un viatge per fer la ruta del comte Dràcula, no per visitar l'Hotel Kruger, que per això ja anaven al Tibidabo, que és més a prop i més barat.

La senyora Bel ha dit que s'han passat set pobles amb els efectes especials dels llops, els llums i les ventades d'aire fred. I ha explicat a tothom que la volgués escoltar que el seu fill Borja, que és molt sensible i molt impressionable, ha patit un atac de pànic i que l'han hagut de dur al metge de l'hotel perquè li receptés un tranquil·litzant.

Els meus pares i els del Pernil han aguantat el xàfec dels Bel amb cara de resignació. No estaven tan empipats. Jo crec que s'ho han passat bé, que

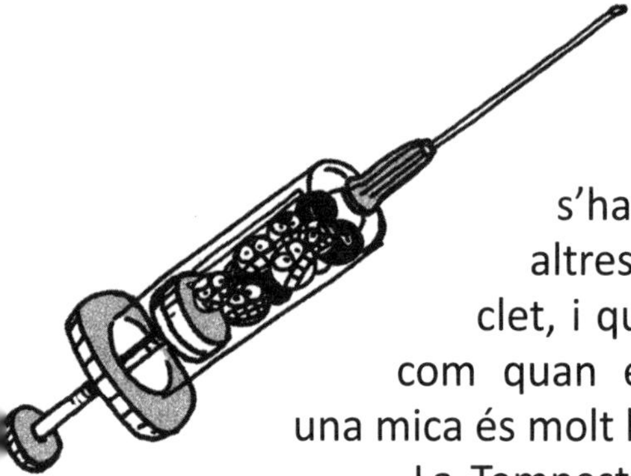

s'han agafat la mà com nosaltres, que han fet algun xisclet, i que fins i tot s'han abraçat com quan eren nòvios. Espantar-se una mica és molt bo per a la salut.

La Tempesta ha comentat que havia estat molt guai i el Pernil ha dit que ara sí que s'atrevirà a pujar a l'Huracà Condor, perquè després de la sessió d'avui ha quedat immunitzat contra la por. Ja mai més tindrà por perquè és com si li haguessin posat una vacuna.

Això m'ha agradat. Els explicaré als papes que m'he vacunat contra la por i així m'hauran de deixar veure totes les pel·lícules que em tenen prohibides, com *La matança de Texas, Saw 6* i *Rec.* Però abans li he demanat al papa si em podia dibuixar el mapa d'Europa i posar-m'hi el Danubi, els Carpats, Turquia, Hongria, Moldàvia, Valàquia i Transsilvània. I Alemanya, de passada. S'ha posat vermell com un pebrot i ha estossegat dient que no tenia cap boli ni paper. Quan la mare del Pernil li ha donat un bolígraf i ha arrencat un full d'una agenda, el papa ha començat a suar tinta.

—Ho sé, eh?, però ara, així de sobte, no m'acabo de situar. A veure, Turquia és a l'est de tot i...

La mama ha vist que s'ho estava passant fatal i li ha llançat un cable traient la guia i posant el mapa damunt la taula. Al papa se li han encès els ullets.

—Ho veus? És tal com et deia.

I un cop el meu pare m'ha fet un bany de geografia, la meva mare m'ha explicat, encantada de la vida, la història de les croades dels cristians cap a Jerusalem, la caiguda de Constantinoble i l'Imperi turc o otomà, que va durar fins a la Primera Guerra Mundial.

—*Empo* —m'ha dit el Pernil, fluixet, tan sorprès com els meus pares del meu interès per la geografia i la història.

Empo, jo? El Pernil s'ha venjat perquè sempre li deien *empo* a ell. Me la bufa que el Pernil em digui *empo*. Ara sé on són el Danubi i els Carpats i qui eren els turcs otomans i els valacs.

I pensant-ho bé, si he tret nou excel·lents dec ser una mica *empo*.

A l'hora de sopar, al menjador s'ha muntat un bon sarau. Al senyor del Barça que odia els nens i els gossos li han trepitjat un ull de poll i ha fundat una comissió d'afectats per la sessió terrorífica. Ha anat passant de taula en taula per buscar persones ferides o damnificades que es volguessin afegir a la comissió i n'ha trobat quatre.

La mare Bel s'hi ha afegit per apuntar el Jojo, però el pare Bel no ha volgut i l'ha fet esborrar perquè li fa vergonya reconèixer que el Jojo s'ha posat histèric per una tonteria de no res.

Això és el que opinava el Noi de la Llet. Deia que l'espectacle havia estat molt penós i que no entén com la gent es pot creure aquestes bajanades i contagiar-se d'una crisi de pànic col·lectiu. També deia que ha quedat molt decebut dels catalans, perquè ell creia que a Catalunya la gent era més crítica i més assenyada. Que una reacció tan infantil se la podia imaginar dels anglesos o dels polonesos, que són més ingenus i més impressionables.

Ha acabat dient que els catalans cada cop es deixaven influenciar més pels pitjors defectes dels europeus i que això els xinesos no ho haurien fet mai de la vida perquè tenien dignitat.

Al pare li ha fet gràcia el discurs del Noi de la Llet —que ho sap tot— i li ha donat conversa sobre la Xina.

El Noi de la Llet em cau fatal. És d'aquesta gent que parla i parla i que li agrada escoltar-se i que no respon als qui pregunten, perquè quan la mare li ha preguntat si era psicòleg, no li ha contestat.

El Jojo ha baixat a sopar com si no hagués passat res. Ha arribat feliç, descansat i disposat a delinquir amb mi davant de tothom. Només d'arribar, m'ha ordenat que li fes una foto a la taula amb totes les famílies per tenir-la de record. M'ha donat la càmera robada —que ara figura que és seva— i m'ha fet fer-los una dotzena de fotos. Després, se les ha mirades, n'ha esborrades onze i m'ha obligat a repetir-ne quatre més. M'he fixat que el Noi de la Llet arrufava el nas, em vigilava i no em deixava de petja mentre feia les fotos.

Quan han portat el menjar, el Jojo m'ha dit

que ell es menjaria el meu pollastre. Hi havia pollastre i verdura. El pollastre era vermell perquè estava cuinat amb paprika i feia bonic al mig del verd. Ell m'ha buidat la seva verdura en el meu plat i jo he hagut de posar el meu pollastre en el seu.

—Què fas, Víctor? Que no vols el pollastre? —ha preguntat la mare, que sempre està a l'aguait.

—No li agrada. M'ha demanat de canviar-lo —ha contestat el Jojo amb la boca plena de pollastre.

Pensar en el pollastre em feia salivera i veure el meu plat de color verd em deprimia. La Tempesta, que no menja gaire i que juraria que pateix menjant, m'ha donat un tros del seu pollastre. Se m'han il·luminat els ulls i he anat a enforquillar-lo quan he vist una altra forquilla al meu plat i he observat el meu pollastre volant cap al plat del Jojo.

—Gràcies, Víctor. Ets molt amable per donar-me més pollastre —ha dit cofoi i encantat d'haver-se conegut.

M'he ratllat molt. M'han vingut ganes d'enforquillar-lo allà mateix i empalar-lo amb la meva forquilla com feia el Vlad Tepes amb els seus enemics.

Un cop s'ha cruspit tot el MEU POLLASTRE, el Jojo ha fet un rot molt sonor i ha preguntat què hi havia de postres.

—Flam, rei, hi ha flam. Veig que ja tornes a tenir gana —ha dit la mare Bel, contentíssima de la miraculosa recuperació del seu fill.

—Flam! M'encanta el flam! En canvi a tu no t'agrada gens el flam, oi, Víctor?

M'hi he resistit i m'he negat a donar-li el flam.

Tenia molta, molta gana. Així doncs, he agafat la cullera, m'he arrapat al meu plat de flam i, quan era a punt de fotre-hi cullerada, el Jojo s'ha disparat perillosament.

—Que fort! Que fort! —ha aixecat la veu perquè tothom el sentís—. De segur que no sabeu què li estava explicant aquesta tarda el Víctor al Nil? —ho ha dit mirant els meus pares, però de seguida m'ha mirat a mi sabent que tenia la paella pel mànec.

Ràpidament, en qüestió de segons —potser he batut algun rècord—, he fet un transvasament de flam, que ha anat a parar al plat del Jojo.

En veure'l, ha continuat:

—El Víctor li deia que li feia por el Dragon Khan.

Els meus pares, que s'havien quedat amb les culleres enlaire, a mig camí cap a la boca, expectants pel to misteriós i fatxenda del Jojo, s'han quedat igual. No han entès res i han dissimulat.

—Doncs que bé.

—Sí, molt bé, molt bo el flam, sí, senyor —ha contestat l'odiós Jojo.

La Tempesta m'ha posat el seu flam al meu plat i aquest cop m'ha protegit la retirada. Ha atacat directament el seu germà allà on li fa més mal.

—T'hem sentit cridar de por. Ets un cagat.

He aprofitat per engolir-me el flam sense respirar mentre el Jojo es posava com una moto i intentava escanyar la Tempesta. Afortunadament, els pares del Pernil, que són gent d'ordre i no suporten la mentida, l'han posat a lloc.

—El testimoni de la teva germana és correcte —ha dit el pare del Pernil descompartint-los, o sigui traient les mans del Jojo del coll de la Tempesta—. Has sortit cridant de la sala i has patit un atac de nervis.

—I abans has xisclat —ha asseverat la guàrdia civil—. T'he reconegut la veu.

El Jojo s'ha posat groc i violeta de ràbia, s'ha girat cap a mi i m'ha dit fluixet:

—Me les pagaràs.

Aquest és el meu malson.
No em fa por Dràcula.
No em fa por Vlad Tepes.
No em fan por els vampirs.

Em fa por el Jojo.

I de sobte he tingut una idea.

15. La visita de Dràcula

La Tempesta m'ha obert la porta de la seva habitació a les fosques i he estat a punt d'ensopegar amb la tele del Pernil, que s'havia quedat a terra, allà al mig.

—Està adormit? —li he preguntat molt fluixet.

I en parlar i obrir la boca, m'han caigut les dents a terra. Se m'ha encongit el cor perquè ha fet clinc-clonc-clinc. Exactament, la mena de soroll que desperta. La Tempesta i jo ens hem quedat glaçats i hem esperat uns segons per veure si el Jojo es despertava. Però no. Continuava ben clapat. Aleshores, la Tempesta, amb la seva llanterna, m'ha ajudat a posar-me els ullals que m'havien caigut i m'ha esquitxat amb el pot de tomàquet fregit.

No he dit res més perquè no em tornessin a caure, però a la Tempesta se li ha anat la mà i s'ha passat molt. Estic ensangonat pertot arreu, o sigui, entomacat. En comptes de por, faré riure.

—Ja? Estàs preparat? —m'ha preguntat la Tempesta.

He fet que no amb el cap.

—Per què no?

Aleshores m'he tret els ullals i he dit:

—Perquè, si no puc parlar, com m'ho faré?

La Tempesta s'ha gratat el cap, ha obert la porta i ha fet entrar el Pernil, que s'havia quedat de guàrdia vigilant al passadís.

El Pernil també ha ensopegat amb el televisor i s'ha pensat que ja havíem acabat.

—Parlaràs tu des del seu darrere —ha ordenat la Tempesta.

Jo no sabia que fos tan manaire, però em sembla que és un gen de nena i no s'hi pot fer res. Totes les nenes que conec són unes tiranes.

La Tempesta ens ha dit: a la una, a les dues i a les tres!

I un cop dit, s'ha ficat al seu llit fent veure que dormia. Jo he connectat la llanterna des de sota, enfocant-me només els ullals i la sang i la capa i tota la parafernàlia. M'he ajupit sobre el Jojo adormit i, quan anava a fer veure que li xuclava la sang i punxar-lo una miqueta amb la forquilla de dues punxes que duia a la mà, ha obert els ulls i se m'ha quedat mirant amb la cara desencaixada i ha fet un gemec fluixet, com de ratolí esporuguit. Jo feia por realment. Només ha faltat que el Pernil parlés amb veu d'ultratomba.

El Pernil ha fet servir una veu espectral, però no ha posat gens ni mica d'imaginació al text.

Malgrat tot, ha fet efecte.

—Noo, si us plau, noooo —ha suplicat el Jojo—. Pietat!

—Els vampirs no tenim pietat —ha contestat el Pernil darrere meu improvisant i millorant força la rèplica.

—Faré tot el que vulguis, tot el que em diguis —ha cridat aleshores el Jojo.

Jo he aixecat les mans teatralment, com rebutjant la seva oferta, però el Pernil, darrere meu, s'ha engrescat:

—Està bé, pactem.

Però és idiota o s'entrena? Des de quan els vampirs pacten amb les seves víctimes?

—Digue'm què vols que faci i ho faré! —ha suplicat el Jojo.

I el Pernil s'ha llançat.

—No vull que molestis més el Víctor.

—No ho faré, ho juro, no ho faré.

—Tampoc no vull que tornis a aixecar la mà ni a dir «Jo, jo».

—Seré mut, estaré callat, no aixecaré la mà mai més.

He flipat amb el Pernil. No sabia que fos un negociador tan bo, però aleshores m'ha deixat planxat.

—Et mossegaré una mica de tota manera.

I s'ha ajupit com si fos ell, i no jo, qui hagués de mossegar la víctima i m'ha agafat desprevingut. Aleshores he perdut l'equil·libri i he caigut al damunt del Jojo i la forquilla que duia a les mans se m'ha clavat sense voler al coll del Jojo.

No ha estat un acte terrorista. Només un accident. **Ho juro.** Ho he dibuixat perquè s'entengui.

El Jojo s'ha quedat callat, amb els ulls oberts i el cos garratibat.

—Obriu el llum! —he cridat.

La Tempesta ha obert el llum i hem pogut veure el Jojo amb dos puntets de sang al coll i els ulls com taronges. La forquilla li ha fet unes bones marques.

—L'has matat, tio! —ha cridat el Pernil, horroritzat.

Jo no he vist mai un mort i d'entrada m'ha fet molta angúnia.

—Ha estat culpa teva —m'he defensat—. Te m'has tirat al damunt i la forquilla se m'ha clavat sense voler.

—Havíem quedat que el mossegaries, no?

—Però ja no calia. Havíeu pactat.

El Pernil estava més nerviós que jo.

—Era per segellar el pacte. Sense mossegada no s'hi valia, no s'ho hauria pres seriosament.

La Tempesta ens ha descompartit després d'agafar-li el pols.

—No és mort!

Ens hem tret un pes de sobre i ens hem quedat mirant el Jojo. Potser no era mort, però tampoc no feia gaire bona cara. Hem intentat tancar-li els ulls, però se li tornaven a obrir sols.

—Què fem? —he preguntat.

—Puc avisar els meus pares —ha dit el Pernil, acostumat a tenir la policia a casa.

M'he empipat amb ell.

—Vols que em detinguin per intent d'homicidi?

La Tempesta ha llegit més novel·les policíaques.

—Primerament hem de netejar les proves del delicte i fer-les desaparèixer.

—Quines proves?

—Tu i la forquilla —han dit el Pernil i la Tempesta.

Certament, eren les proves més evidents. M'he tret la roba de Dràcula ràpidament, m'he rentat el tomàquet fregit i he amagat la forquilla a la tauleta de nit de la Tempesta.

Aleshores, hem discutit com despertar el Jojo i ha guanyat la proposta de la Tempesta. Hem omplert una carmanyola buida d'aigua freda i li hem llançat a la cara.

El Jojo ha parpellejat, ens ha mirat ben mirats i ha fet un gemec.

—I Dràcula? —ha cridat movent el cap cap a totes bandes, esverat.

—Ha fugit —li ha dit el Pernil.

—Sóc mort? —ha preguntat el Jojo, molt espantat.

—Eres a punt de morir, però t'hem salvat —ha dit la Tempesta amb tot el morro.

El Jojo s'ha empassat les paraules de la seva germana i les ha païdes.

—Per què m'heu salvat?

I aleshores, jo, el Víctor, que no havia pogut actuar abans perquè el Pernil m'havia pres el paper de Dràcula, he dit:

—Perquè som els teus amics.

Ha quedat molt bé. Semblava de debò i tot. Tots tres ens hem emocionat i el Jojo més que nosaltres. Ha estat tan superemocionant que ho he dibuixat.

Ha estat la nit més emocionant del viatge.

Ho juro.

16. La colla dels vampirs

El Jojo ha estat callat tot el dia, sense dir ni una sola paraula mentre visitàvem la ciutat de Sighisoara i la casa on va néixer Vlad Tepes Draculea.

Quan el guia ha preguntat què significava «Dràcul», el Jojo no ha aixecat la mà i s'ha fet un silenci molt gran fins que el Pernil, molt fluixet, ha dit que volia dir drac i dimoni.

Quan el guia ens ha preguntat si algú recordava quin any havia nascut Vlad Tepes, el Jojo no ha aixecat la mà i, com que ningú no deia res i tots miraven el Jojo, la Tempesta ha respost: el 1437.

Quan el guia ens ha preguntat d'on venia la paraula *Romania,* no me n'he pogut estar i he contestat:

—De Roma.

Tots se m'han quedat mirant i m'ha fet molta vergonya, però m'he adonat que al pare li brillaven els ulls i que a la mare estava a punt de caureli una llagrimeta.

Els meus pares han al·lucinat. És la primera vegada que responc una cosa.

Com que l'he endevinat una mica de potra, he escoltat bé per no esguerrar-ho i per si de cas el guia em tornava a preguntar res. M'he assabentat que Romania és l'únic país de l'Est que conserva la llengua dels romans, o sigui el llatí. I que si escoltem els romanesos quan parlen i intentem entendre'ls, no és tan difícil. És una llengua com el català, el francès o l'italià.

Al museu de Sighisoara, una torre molt alta, que mareja molt i amb moltes saletes, el guia ens ha dit que els qui habitaven aquestes terres abans que arribessin els romans eren els dacis, que eren un poble molt salvatge amb un cabdill que es deia Decèbal. En temps de l'emperador Trajà, els romans es van empipar amb els dacis perquè eren uns paparres per a Roma i van organitzar una campanya amb moltes legions. Se'ls van carregar a tots, van fer presoner Decèbal i el pobre no va tenir altre remei que suïcidar-se. Es veu que Decèbal és gairebé tan famós com Vlad Tepes i tots els nens romanesos el coneixen.

—Com l'Indíbil i el Mandoni —ha dit la mama.

El Pernil, el Jojo i jo no coneixíem l'Indíbil i el Mandoni, i la Tempesta ens ha explicat que eren dos salvatges de la tribu dels ilergets —o sigui, els lleidatans— que van lluitar contra els romans. Jo ja sabia que els lleidatans eren molt bèsties, però no sabia que havien vençut els romans, com els gals.

La història de l'Indíbil i el Mandoni m'ha inspirat i he fet un còmic molt guai.

—Està tan canviat, el Borja! —ha dit la mare Bel trenta mil cops durant el matí.

—Et trobes bé, rei? —preguntava cada cop que mirava el Jojo.

I s'ha ratllat tant que el pare Bel l'ha inspeccionat i ha descobert els dos foradets del coll.

—Què hi tens, aquí?

La mare Bel, que no sap dir les coses fluixet, ha cridat tan fort com ha pogut:

—Sembla una mossegada!

De seguida s'ha fet una rotllana de curiosos al voltant del Jojo. Tothom hi deia la seva, fins que el Noi de la Llet —que ho sap tot— ha deixat anar el que no volíem que digués.

El Jojo s'ha tornat blanc i s'ha marejat. La mare Bel s'ha esverat i nosaltres hem intentat rescatar-lo.

—Es va clavar una forquilla —ha cridat la Tempesta de seguida agafant-lo per la mà.

Ens l'hem endut lluny dels passatgers i li hem jurat que no deixaríem que ningú li posés els ulls damunt del coll mai més.

Però ja era massa tard. Un cop hem pujat a l'autocar ens hem adonat que la gent s'asseia tan lluny com podia del Jojo, que el miraven amb recança i que alguns duien crucifixos penjant del coll i d'altres manats d'alls.

—On els heu comprat? —s'anaven preguntant els uns als altres.

Hem fet pinya al voltant del Jojo i hem dissimulat. Jo he continuat llegint el llibre del Dràcula perquè estava superemocionant. La Tempesta ha començat un altre llibre. El Pernil s'ha clapat i el Jojo s'ha entretingut fent fotos d'ovelles romaneses per la finestra, sense que el Noi de la Llet deixés de vigilar-nos d'esquitllentes.

Quan l'autocar s'ha aturat perquè poguéssim fer pipí en un bar de carretera molt tronat, hem baixat i hem dit al Jojo que aniríem a pixar amb ell i que no patís, que ningú no li posaria la mà a sobre.

Però el Noi de la Llet s'ha plantat davant nostre i ha agafat la càmera al Jojo.

—A veure aquesta càmera?

Una rotllana de tafaners s'ha acostat cap allà just a temps de sentir com el Noi de la Llet —que ho sap tot— cridava:

—El vampir m'ha xoriçat la càmera!

La mama, atabalada perquè la culpa era seva, anava a defensar el pobre Jojo, quan jo he fet un pas endavant i he dit ben fort i ben alt:

—No és veritat. Ell no ha estat. Me la vaig trobar jo a l'església luterana i la vaig agafar pensant-me que era la de la meva mare, perquè eren iguals. Però resulta que em vaig equivocar.

El Jojo m'ha mirat. El Noi de la Llet m'ha mirat. La mama m'ha mirat més que els altres dos, ha agafat la càmera i l'ha ofert al Noi de la Llet.

—Així doncs, és teva? Que bé! No saps els pes que ens has tret de sobre. Ha estat una confusió. Disculpa.

Els pares del Pernil han fet la seva aparició estel·lar. Només els faltaven les gorres i les pistoles.

—Cap problema?

El Noi de la Llet, que s'havia engallat, s'ha acoquinat.

—Només una confusió —ha dit remugant.

M'he convertit en l'heroi del Jojo i de la meva mare.

La mama m'ha agafat per banda, m'ha fet un petó i m'ha dit:

—Gràcies, Víctor.

I el Jojo també s'ha assegut al meu costat amb el cap cot i m'ha dit fluixet:

—Gràcies, Víctor.

No m'agrada que em donin les gràcies, però això de ser valent no està gens malament. El Noi de la Llet em podria haver destrossat, però no m'ha fet por. Potser sí que m'he vacunat, com diu el Pernil, i mai més tornaré a ser un cagueta.

I no m'ho invento, però m'ensumo que els altres passatgers estan maquinant alguna cosa contra el Jojo.

A l'hotel de Sibiu he sentit una senyora que deia al guia que els passatgers havien acordat que els nens dormíssim en una altra planta perquè érem molt empipadors. I a l'hora de sopar ens hem adonat que totes les taules s'havien mogut i eren més lluny que mai de la nostra. Els altres passatgers parlaven xiuxiuejant i observant-nos, sense deixar-nos de petja, i damunt de totes les taules hi havia un grapat d'alls en comptes d'un ram de flors.

Per distreure els pares i despistar-los una mica, hem començat a explicar-los la novel·la del Dràcula entre la Tempesta i jo. Els meus pares han flipat que n'hagués llegit tantes pàgines i que me'n recordés tan bé. Després, el Pernil ha parlat de les tortures que feien els romans als dacis. Ho sabia perquè s'havia llegit un prospecte del museu d'història de Sighisoara.

I al final, el Jojo, molt fluixet, ha dit que volia ser pastisser.

Ho juro.

Ha estat de cop i volta i ens ha deixat planxats.

Els pares del Jojo s'han traumatitzat i s'han quedat muts. Fins que la senyora Bel ha començat a queixar-se de migranya i el seu marit l'ha acompanyat a l'habitació.

Els pares del Pernil i els meus han començat a discutir sobre les coses que podien decidir els nens i les que no, i si els nens teníem seny per dir quina carrera volíem estudiar o no. El Pernil i jo hem aprofitat el merder per demanar permís per dormir a l'habitació dels germans Bel, perquè ens hem fet molt amics i no ens volem separar. Els meus pares han dit que sí i els pares del Pernil han dit que no.

El Pernil ha passat dels seus pares i ha vingut d'amagatotis a l'habitació amb el pijama posat i ha estroncat la confessió del Jojo, que ens explicava, a la Tempesta i a mi, que des de petit somiava a fer mones de xocolata i que el seu somni era fer una mona gegant de més de dos metres amb tot l'equip de waterpolo del Barça dins d'una piscina.

El Jojo, que estava llançat, també ha dit que odiava el xinès i que no volia tocar el piano mai més i que ara que no aixecava la mà ni deia ***JO, JO!*** vivia més relaxat.

El Jojo semblava una persona humana, amb traumes i problemes i embolics com els que tenim la Tempesta, el Pernil i jo.

La Tempesta ha dit que potser sí que el Jojo i ella eren germans, però que possiblement a la clínica els havien confós els pares.

El Jojo ha dit que estava molt orgullós de tenir una germana com ella, tan llesta i tan canyera, i que no li importava que fos baixeta.

La Tempesta li ha dit que el perdonava per haver ocupat tot el lloc dins la panxa de la seva mare veritable i per haver-li fumut tantes puntades de peu quan eren uns fetus. Perquè ella té molta memòria i no se n'oblida i que per això potser li ha tingut sempre una mica de ràbia.

Semblava la telenovel·la del migdia, però de debò. El Pernil i jo flipàvem perquè no tenim germans bessons i se'ns fa curiós això que els germans bessons s'odiïn tant i s'estimin tant.

Aleshores, la Tempesta ha fet una cosa increïble. Ha dit al Jojo:

—Si tu ets un vampir, jo també.

S'ha aixecat, ha agafat la forquilla de dues punxes que tenia amagada i..., nyac!, s'ha punxat el coll tota sola.

És molt valenta.

És més valenta que el Pernil i jo, que no hem tingut nassos per clavar-nos la forquilla solets i hem tancat els ulls i hem plorat una mica quan la Tempesta ens la clavava.

Ara tots quatre som vampirs i, si volen fer res al Jojo, se les hauran de veure amb tota la colla.

Després hem fet una barricada a la porta de l'habitació per si de cas els altres passatgers dels autocars s'organitzaven per clavar una estaca al cor del Jojo i tallar-li el cap com es fa amb els vampirs.

Ens hem adormit molt tard perquè el Pernil ens volia explicar un acudit i no se'n recordava del final.

Avui ha estat el segon dia més emocionant del viatge. **Ho juro.**

No vull que s'acabi mai.

17. La sorpresa final

Una setmana és molt curta i s'acaba de seguida. O potser és que quan les coses són divertides el temps passa més de pressa.

Jo he aprofitat totes les estones de l'autocar per acabar de llegir-me la novel·la de Dràcula. No sabia que fos tan interessant i que hi passessin tantes aventures.

LA CASUALITAT ÉS QUE EN AQUEST POBLE HI ESTÀ ESTIUEJANT LA MINA, LA NÒVIA DE JONATHAN HARKER, A CASA DE LA SEVA AMIGA LUCY.

LA LUCY ÉS MOLT GUAPA, TÉ MOLTS PRETENDENTS I AL FINAL DECIDEIX CASAR-SE AMB LORD GODALMING.

PERÒ LA LUCY COMENÇA A POSAR-SE MOLT MALALTA I A TORNAR-SE BLANCA I A TENIR INSOMNI A LES NITS.

I ÉS QUE RESULTA QUE EL COMTE DRÀCULA LI ESTÀ XUCLANT LA SANG SENSE QUE NINGÚ SE N'ADONI.

I no n'explico més perquè, si les novel·les s'expliquen, no es llegeixen, i, si algú vol saber com acaba, se l'haurà de llegir tota sencera des del principi, com he fet jo i com està fent ara el Pernil.

Bé, de fet el Pernil està molt canviat. Va saltar els últims sis graons del castell de Poniatori i no es va pinyar. Jo vaig saltar-ne cinc, la Tempesta quatre, el Jojo tres i el Pernil sis, i ens va deixar a tots planxats. La Tempesta va dir que el Pernil estava mutant i que aviat es convertiria en un bon saltador i podria saltar el plínton, els bassals i els graons que volgués. Que de vegades aquestes coses passen i els gens canvien per culpa de la contaminació. El Pernil creu que li estan mutant els gens gràcies als plàtans i al potassi i està encantat amb la nova mutació, perquè potser així els seus pares l'acceptaran com a fill.

No és l'únic que ha canviat. El Jojo ja no ens fa por. El Jojo s'ha tornat bona persona, ens fa cas i obeeix les ordres que li donem la Tempesta i jo. La

Tempesta es va apostar el plàtan del pícnic dient que el Jojo era capaç d'enfilar-se a un xiprer en menys de dos minuts. Va guanyar ella i vam haver de cridar els bombers perquè no podia baixar del xiprer. Jo vaig guanyar un flam del sopar perquè vaig apostar que el Jojo aguantaria una hora de dutxa freda. Es va quedar fet un *polo* però el paio va aguantar. És una canya, el Jojo. Ha entès que nosaltres tenim moltes idees i ell té molts músculs i molta voluntat.

El Pernil —que s'ha canviat d'autocar—, la Tempesta, el Jojo i jo ens hem fet molt amics i viatgem al darrere de l'autocar sense que ningú ens molesti ni ens digui que els nens no poden beure llet, que han de prendre biodramines i que no poden escoltar històries de por. Ens deixen tranquils i ens tenen respecte. Els vampirs els fan *iuiu.*

Els nostres pares també s'han fet molt amics i seuen al davant de l'autocar al costat del guia, que resulta que, per casualitat, ha estat a la Xina i és aficionat als karaokes. El papa ha estat molt

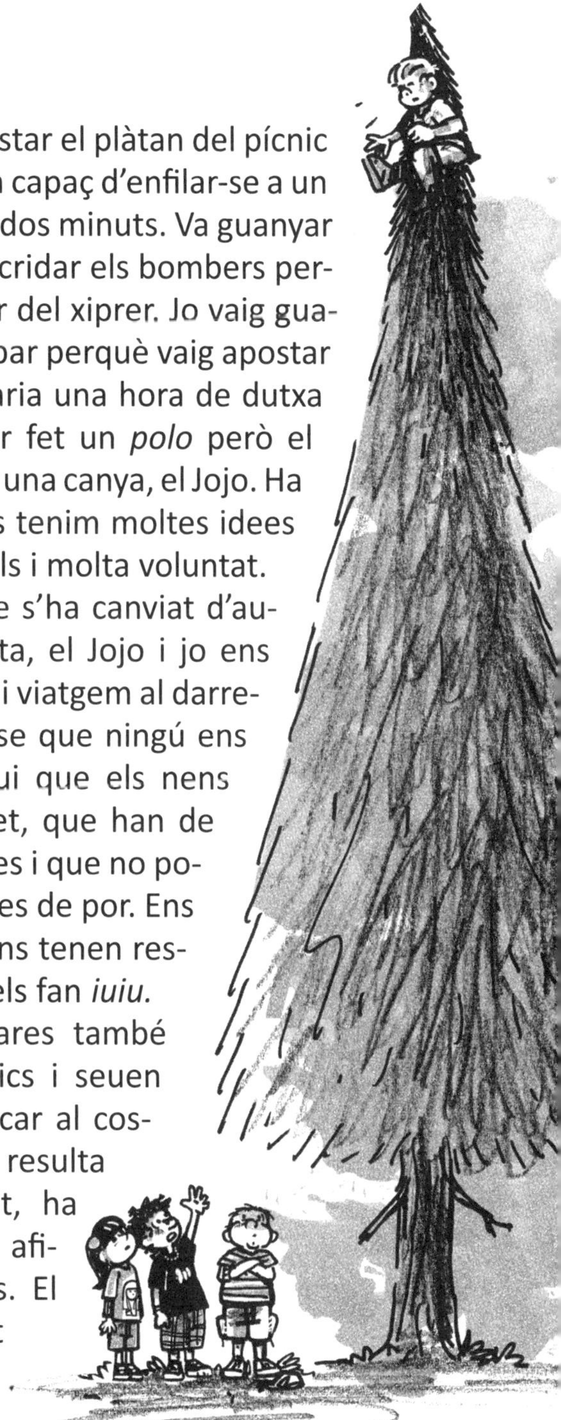

feliç cantant cançons de Nino Bravo a crits amb el micròfon de l'autocar, tot i que alguns passatgers, d'aquells que es queixen sempre, s'han queixat que els fa mal de cap. No afina gaire però hi posa molta passió, com diu la mama. La mama fa fotos tot el dia i es deixa la càmera a tot arreu.

Jo l'he ajudat cada vegada a rescatar-la i he notat que cada cop em té més respecte perquè jo no em deixo mai res enlloc i ella sí.

I avui, que és l'últim dia de tots, abans d'agafar l'avió, el guia ens ha dut a la taverna Draculiana que hi ha a Bucarest per celebrar el final del viatge i ens ha promès que hi hauria ball, vi i sorpreses.

Hem menjat un sopar típic romanès, els pares han begut vi típic romanès i, quan l'orquestra ha començat a tocar cançons típiques romaneses, tots sis han sortit a ballar com bojos.

Als pares no els fa gens de vergonya fer el ridícul. A nosaltres, els nens, sí. Són patètics.

Quan els pares han tornat a seure amb les galtes vermelles i assedegats, han begut més vi romanès i s'han posat a explicar històries de quan eren petits. No sé si no ens han vist o no s'adonaven que els estàvem escoltant. El pare Bel ha començat

dient que ell, a segon de BUP, ho va suspendre tot i que va enganyar els seus pares falsificant les notes d'un amic. El pare s'hi ha afegit i ha reconegut que va fer tres cops primer d'enginyers tècnics perquè no li sortia el dibuix tècnic i estava a matar amb el professor. La mare del Pernil ha confessat que una vegada va enganyar la professora d'educació física fent-li creure que s'havia trencat una cama perquè no l'examinés de saltar el plínton. El pare del Pernil, pixant-se de riure, ha recordat que a l'Institut dels Mossos d'Esquadra va copiar un treball sobre balística al Rincón del Vago i que li van posar un deu. I la mare, que ja no s'hi veia de cap ull, ha explicat que la van enxampar copiant un examen de Naturals amb una *xuleta* cosida a les calces.

Però la millor de totes ha estat la mare Bel, que s'havia begut tres gots de licor romanès per fer-se passar la migranya. Ha dit que ella volia ser cantant de cabaret i, com que els seus pares no li van deixar, va decidir fer-se podòloga per avergonyir-los i en acabar la carrera va fer imprimir unes targetes amb la silueta d'un peu que posava **podòloga** i els seus pares es van traumatitzar.

Nosaltres sí que ens hem traumatitzat en sentir-los. Hauria d'estar prohibit que els pares expliquessin aquestes coses.

O sigui que aquesta era la sorpresa?

Però no ho era.

La sorpresa ha estat molt més **brutal.** Ha estat d'aquelles sorpreses que només passen als llibres. Com al llibre de Dràcula, que està ple de casualitats que no són gens casuals.

Era la Terminator.

Ho juro.

I ja ha estat armada. La Terminator ha anat a la taula dels papes i els ha saludat i tots han començat a dir que quina casualitat trobar-se allà i totes les coses que es diuen quan un es troba a Romania amb la professora del fill.

Jo creuava els dits perquè no parlessin de res més i fossin discrets. Però la Terminator no és gens discreta i els ha dit que quina pena que jo fos un desastre de nen.

No, no!, he cridat en silenci. Per què un viatge tan bonic s'ha d'espatllar d'aquesta manera tan horrorosa?

Però aleshores ha passat una cosa increïble. Els meus pares, somrients, li han contestat que jo no era cap desastre, que era un noi **llest, espavilat, responsable i curiós**, com ella mateixa deia en el seu informe, i que tots els professors m'havien posat bones notes. Que es devia equivocar de nen. La Terminator s'ha posat com una moto i els ha dit que els qui estaven equivocats eren ells, perquè jo havia tret unes notes deplorables i que a l'informe ja deia que era un penques i un barrut.

I els pares, fets un embolic i una mica mosquejats, han dit que no era gens seriós que una professora es confongués de notes i que conegués tan poc els seus propis alumnes. Aleshores la Terminator els ha dit que em tenien idealitzat però que ella, que és molt bona professora, sap que els nens que no llegeixen, que no pregunten, que no s'interessen per les coses i que no estudien són uns barruts i uns penques. I els meus pares, enfadats, li han dit que potser hauria de canviar-se les ulleres perquè jo era un nen que llegia, que preguntava, que mirava els mapes i que estava molt interessat en la història. Era evident que parlaven de dos nens diferents.

Les coses anaven mal dades fins que la Terminator, cada cop més enfilada a la parra, ha decantat la balança.

—Ara entenc per què el Víctor m'ha caigut malament des del primer dia.

Aleshores, els meus pares s'han girat cap a mi i m'han dit:

—Víctor, haurem de prendre una decisió seriosa.

He intentat imaginar-me quina mena de decisió seriosa prendrien.

Però no.
M'equivocava.
Els meus pares m'han deixat planxat.

Ho juro.

Els meus pares han decidit canviar-me d'escola.

No m'ho puc creure.

Els meus pares m'enviaran a la mateixa escola que els germans Bel perquè els pares Bel els han convençut que és la millor escola del món.

És massa.

I el Pernil també anirà a l'escola dels germans Bel perquè els seus pares han investigat a fons i han esbrinat que és una escola on no posen malnoms als nens.

QUINA POTRA!!!

El Pernil, la Tempesta, el Jojo i jo anirem junts a la mateixa ESCOLA!!!

I l'estiu vinent anirem tots junts a la Xina!

FI

ELS PERSONATGES

EL PERNIL

Mutant, al·lèrgic i bon estudiant. És fill únic i té la pega que els seus pares són policies. Li falta potassi i ha de menjar molts plàtans.

ELS INCREÏBLES GERMANS BEL

LA TEMPESTA

Canyera, setciències i tota una experta en laxants i venjances. Millor no durli la contrària. És petita, però enganya.

EL JOJO

Mimat i egocèntric. Juga a voleibol, parla xinès i toca el piano per fer contents els seus pares, però vol ser pastisser.

L'ESCRIPTORA

Maite Carranza volia ser hostessa d'avions per viatjar, viure moltes aventures i escoltar històries d'arreu del món. Però era baixeta...

«Això rai, per viatjar no et cal un avió», li va dir la seva mare, que era una dona molt pràctica. «Llegeix i somia.»

Aleshores, la Maite va decidir fer-se escriptora i inventar-se tota sola les històries.

Inspiració no li ha faltat. Entre els seus alumnes, els seus fills, els seus animals, les coses que li passen i els llibres que llegeix en té per donar i per vendre.

I ves per on, ara viatja en avió d'aquí cap allà per parlar de les seves històries fantàstiques, que ja es llegeixen a més de vint-i-cinc països.

L'IL·LUSTRADOR

Agustín Comotto volia volar i ser el que és, dibuixant. Com que va veure que, de plomes, no en tenia, finalment va decidir agafar un llapis. I dibuixa des dels vuit anys, a l'Argentina on va néixer i a Barcelona, on viu. Perquè mentre dibuixava planetes, músics de jazz, fons marins i naus espacials, va viatjar. Va viatjar per tota la Terra, cap amunt i cap avall, com els seus pares, avis i besavis.

Li agrada llegir i sobretot explicar històries per després dibuixar-les. Ha fet llibres a diferents països i creu que els nens i els gats són els millors lectors que tenen els seus dibuixos.